Das Buch

Lydia Brito wächst als Tochter einer alleinerziehenden deutschen Mutter im konservativen Portugal der späten fünfziger und frühen sechziger Jahre auf.

Bis zu ihrem zehnten Lebensjahr dreht sich bei ihr alles um die über alles geliebte Mutter, obwohl sie sich manchmal fragt, warum es im Gegensatz zu ihren Mitschülern bei ihr zu Hause keinen Vater gibt. Schnell verdrängt sie jedoch diesen störenden Gedanken.

Aber eines Tages wird sie gezwungen, sich bewusst mit ihrer Vaterlosigkeit auseinanderzusetzen. Sie beginnt ihre Mutter nach ihrem Vater zu befragen, erntet jedoch nichts als Schweigen. Das Phantom des abwesenden Vaters verfolgt sie auf Schritt und Tritt, weshalb sie sich auf die Suche nach der Wahrheit begibt und dabei einem schrecklichen Familiengeheimnis auf die Spur kommt.

Die Autorin

Patricia Anderegg wurde 1949 geboren. Bis zu ihrem 19. Lebensjahr wuchs sie in Portugal als Tochter eines portugiesischen Vaters und einer deutschen Mutter auf. Nach dem Abitur studierte sie Sprachen in Zürich. Einige Jahre verbrachte sie in Brasilien. In ihrem vierten Buch „Wo ist mein Vater" geht es um festgefahrene gesellschaftliche Traditionen und um die damit verbundenen Auswirkungen auf Menschen, die mit ihnen aufwachsen. Schauplätze des Romans sind Portugal, die Schweiz und Brasilien.

Bibliografische Information der Deutschen Nationalbibliothek
Die deutsche Nationalbibliothek verzeichnet diese Publikation
In der Deutschen Nationalbibliografie, detaillierte bibliografische Daten sind im Internet über http.//dnb.dnb.de abrufbar.

Herstellung und Verlag:
BoD – Books on Demand, Norderstedt
ISBN 9783756201228

WIDMUNG

Für all diejenigen, deren Entwicklung durch
eine Lebenslüge geprägt wurde…
Für all diejenigen, die nicht mit Vater und
Mutter aufgewachsen sind, und die wie ich,
sich auf die Suche nach dem fehlenden Elternteil begeben haben.

Für meinen Mann Peter, ohne dessen Hilfe dieses Buch nicht entstanden wäre

und last but not least für meine Schwiegertochter Ilaria, die nach der Lektüre meines Manu-
skriptes, mich ermutigt hat, meine Geschichte
zu veröffentlichen und aufgrund meiner Be-
schreibung in Lissabon verliebt ist.

INHALTSVERZEICHNIS

Wo ist mein Vater

Patricia Anderegg

PROLOG – DER SIEBZIGSTE GEBURTSTAG

Gestern bin ich 70 Jahre alt geworden.

Ich hatte meine Familie in ein Restaurant am Zürichsee eingeladen und mich auf die Aussicht gefreut. Im Abendrot den Blick über das Wasser und die in voller Blumenpracht stehenden Rosen schweifen zu lassen, bis meine Gäste eintreffen würden.

Es regnete in Strömen. Dicke Tropfen prasselten gegen die Fenster, flossen in undurchsichtigen Rinnsalen an den Scheiben hinunter und trübten die Aussicht.

Schade, ich hatte das Lokal auch wegen seiner außergewöhnlichen Lage ausgesucht. Sie sollte ein Geschenk an mich persönlich sein, zu meinem 70. Geburtstag.

Der Regen verursachte ein Verkehrschaos auf Zürichs ohnehin schon chaotischen Straßen, und meine Gäste ließen auf sich warten. Aber mit 70 hat man bekanntlich alle Zeit der Welt. Genüsslich nippte ich an meinem Champagner, den Horst mir zu Ehren bestellt hatte.

Mein Blick heftete sich an die Tropfen, die ans Glas klatschten, wanderte mit ihnen die Scheibe hinab, um gleich wieder nach oben zu gleiten und dem nächsten Tropfen zuzusehen. Runter und rauf, rauf und runter. Der Lauf der Regentropfen an den Fensterscheiben eröffnete mir einmal mehr, wie sehr ich mir ein gleichmäßigeres, eintönigeres Leben gewünscht hätte. Ihr Aufprall auf die Scheiben, ihre Verwandlung in dünne Rinnsale und ihr Verschwinden am unteren Fensterrahmen hatte etwas Absehbares, Beschauliches und Beruhigendes an sich, etwas wonach ich mein ganzes Leben lang gesucht habe, ohne dass es mir gelungen wäre, es zu finden. Noch heute im Alter von siebzig Jahren, von denen ich denke, sie ganz gut gemeistert zu haben, werde ich hin und wieder von Beklemmungszuständen heimgesucht. Ich versuche dann ruhig und gleichmäßig ein- und auszuatmen, aber sie verflüchtigen sich erst, nachdem ich Portugal aus meinem Gedächtnis verdrängt habe. Dabei hänge ich an diesem bezaubernden Land mit seinen liebenswürdigen Menschen, seiner südländischen Küche, dem Himmel, der nirgends so blau ist und den Mimosen, die im

Frühling nirgends so duften wie dort. Tief in meinem Innersten bin ich noch immer Portugiesin und werde es auch bis an mein Lebensende bleiben, obwohl ich einen Schweizer Pass besitze und hier in der Schweiz, dank meiner zweiten Ehe mit Horst, heimisch geworden bin. Aber ich darf meine beiden Leben nicht vermischen. Meine ersten 20 Jahre in Lissabon und mein Leben danach. Es würde mich zerreißen, und das darf ich auf keinen Fall zulassen. Obwohl es mir heute gut geht. Ich habe an meinem jetzigen Leben nichts auszusetzen. Ich habe Horst, meine Kinder, ihre Partner und zwei kleine Enkeltöchter, die mich jeden Donnerstag auf Trab halten. Innerhalb meines Freundeskreises fühle ich mich wohl. Hier kann ich ganz ich sein, mich so geben, wie ich bin. Aber warum kann das in Portugal, und ganz besonders in Lissabon nicht so sein? Warum bin ich dort immer noch gehemmt, gekünstelt, steif und zurückhaltend?

Horst liebt die Stadt, in der ich aufgewachsen und zur Schule gegangen bin. Immer wieder drängt er mich, mit ihm dorthin zu fahren. Es kostet mich jedes Mal Überwindung, auch wenn die Stadt mich gleich nach der Landung in die

Arme nimmt und mir zu verstehen gibt, dass sie meine ist, und dass ich zu ihr gehöre.

Bereits nach einigen Tagen in Portugal bin ich wieder ganz dort angekommen. Meine Muttersprache geht mir zügig von den Lippen, und ich verfalle in die für Lissabon typische Sprachmelodie, die meine Mutter mir auszutreiben versuchte, indem sie sie verächtlich mit dem norddeutschen Ausdruck *Kodderton* bezeichnete…

Das ist nur eine der vielen Kleinigkeiten, die die Vergangenheit an die Oberfläche spülen und mit ihr meine noch immer nicht besiegten Minderwertigkeitsgefühle. Manchmal ist es eine unabsichtlich geäußerte und nur mich kränkende Bemerkung, manchmal ist es die Erinnerung an die umgeworfenen Abfallkübel, die damals vor unserem Hausaufgang standen und dazu beitrugen, dass ich mich entsetzlich schämte. Ich habe noch heute Angst vor den Schatten meiner Jugend und davor, dass sie auch im Alter meine ständigen Begleiter bleiben werden.

„Mama, entschuldige unsere Verspätung, aber der Regen…"

„Ich weiß", beruhigte ich meine aufgebrachte Elena und küsste ihr vor Aufregung gerötetes

Gesicht. Mein Schwiegersohn trat etwas verlegen hinter ihr an den Tisch am Fenster, den von mir sehnlichst gewünschten Louis Ghost Stuhl von Kartell im Arm. Ihm waren heftige und öffentliche Gefühlsausbrüche peinlich, aber Horst rettete die Situation, indem er Christian den Stuhl abnahm und ihm grinsend ein Sektglas in die Hand drückte.

Kurz darauf trafen auch Hans und Andrea ein. Der Babysitter hatte sich verspätet und dann auch noch der Regen…

Aber was machte das schon aus. Meine Liebsten waren endlich da, um mit mir auf meinen siebzigsten Geburtstag anzustoßen. Nur das zählte, war ich überzeugt.

Das Restaurant servierte ein vorzügliches Essen, und Horst hatte einen hervorragenden Tropfen bestellt. Wir befanden uns in gehobener Stimmung und merkten nicht, wie schnell es spät geworden war. Als der Kellner die Torte mit den siebzig Kerzen hereinbrachte, musste ich vor Rührung schlucken.

Hans und Andrea gingen als erste. Der Babysitter wartete.

Horst beglich die Rechnung. Kurz darauf verabschiedeten sich auch Christian und Elena. Sie waren schon in der Mitte des Raums, als meine Tochter zurücklief und sich noch einmal zu mir an den Tisch setzte. „Freust du dich auf Gaby?"

Die Frage kam so unerwartet, dass es mir für einen Augenblick die Sprache verschlug.

„Und, freust du dich nun oder nicht?"

„Aber ja", entgegnete ich lahm."

„Bist du dir auch ganz sicher?"

Ich hielt dem forschenden Blick ihrer grün-blauen, leuchtenden Augen tapfer stand. „Ich freue mich sogar sehr. Glaubst du, ich hätte einen Grund, es nicht zu tun?"

Elena erhob sich, drückte meine Hand etwas zu fest und folgte ihrem Mann, der den Saal schon verlassen hatte. Bevor sie durch die Tür verschwand, drehte sie sich noch einmal um und winkte mir zu, wobei sie sich verstohlen über die Augen fuhr.

„Was wollte Elena von dir?", erkundigte sich Horst auf der Heimfahrt.

„Sie fragte, ob ich mich auf Gaby freue".

„Törichte Frage", brummte Horst und schaltete das Radio ein.

Elenas Frage war nicht töricht. Meine Tochter

kannte mich gut. Vielleicht besser als ich *sie* kannte. Nichts blieb ihr verborgen, was meine Person betraf. Und deshalb wusste sie auch, dass ich Gabys Besuch mit gemischten Gefühlen entgegensah. Unsere tiefe 65-jährige Verbundenheit tat dabei nichts zur Sache. Aber Gaby war nicht nur meine beste Freundin, sondern auch ein Teil meines verlorengegangenen Portugals, dem ich damals aus Feigheit den Rücken kehrte, weil ich mich schämte zu bleiben.

Horst lag schon im Bett, aber ich ging noch einmal ins Wohnzimmer. Es war gemütlich und geschmackvoll eingerichtet. Die beiden hellen Sofas, auf denen sich unzählige Kissen türmten, luden zum Verweilen ein. Und im rostfarbigen Cocktailsessel in der einen Ecke am Fenster, konnte man herrlich schmökern. Mein Blick fiel auf die Vase mit den Stoffrosen, ein Geschenk unserer Nachbarn, die hin und wieder zu Besuch kamen. Ich hatte mich nicht getraut, die Blumen wegzuwerfen, aber jetzt, da Gaby bald kommen würde, mussten sie fort.

Die Vase glitt mir aus der Hand und ging klirrend zu Boden.

„Ist etwas passiert?" Horsts Stimme klang verärgert aus dem Schlafzimmer. Wahrscheinlich war er gerade eingenickt und von dem Geschepper wach geworden. Blinzelnd taumelte er ins Wohnzimmer. „Was um Himmelswillen hantierst du um diese Zeit mit einer Vase herum?", fragte er verblüfft, als er mich vor dem Barschrank mit den Blumen in der Hand erblickte, vor mir auf dem Boden die Überreste der zu Bruch gegangenen Vase.

„Hätte das nicht Zeit bis Morgen gehabt?"

„Ja schon, aber ich wollte auf keinen Fall vergessen, die Rosen verschwinden zu lassen."

„Bis jetzt haben sie aber niemanden gestört", brummte Horst.

„Doch mich, aber aus Pietätsgründen habe ich sie stehen lassen."

„Aber zu dieser späten Stunde müssen sie plötzlich entsorgt werden?!"

Ich sagte nichts und holte schnell Schaufel und Besen. Horst musste nicht unbedingt wissen, dass ich Gabys wegen noch einmal ins Wohnzimmer gegangen war. Ich wollte sicher gehen, dass alles „comme il faut" war. Nichts sollte mehr an die Verhältnisse in der Rua António Patrício in Lissabon erinnern.

Ich fühlte, wie meine Brust sich zuzuschnüren begann. Ich verschwand im Badezimmer und setzte mich auf den Rand der Wanne. Ich atmete langsam tief ein und aus, und nach einer Weile beruhigte ich mich wieder. Horst war zurück ins Bett gegangen, und bald hörte ich sein sägendes Schnarchen. Jetzt konnte ich in Ruhe nachdenken, obwohl ich nicht weiterkam. Warum beschäftigte mich der bevorstehende Besuch so stark? Gaby war seit 65 Jahren meine Freundin. Damals in Lissabon waren wir unzertrennlich gewesen, und sie war oft zu mir in die Rua António Patrício gekommen. Die von streunenden Katzen umgeworfenen Müllkisten, der verstreute Abfall vor der Haustür und das schmuddelige Treppenhaus hatten sie nie gestört. Ebenso wenig wie die Tatsache, dass es in der Rua António Patrício nur mich, die Mutti und die Hausangestellte gegeben hatte…

Ich hatte also keinen Grund, mich nicht auf Gabys Besuch zu freuen. Heute ist das Haus, in dem ich wohne, comme il faut. Die dunkelgrauen Fliesen verleihen dem Treppenaufgang etwas Großzügiges und Elegantes. Der Wohnblock besitzt auch einen Fahrstuhl, dessen

Kabine mit Spiegeln verkleidet ist. Für mein jetziges Zuhause muss ich mich wahrhaftig nicht schämen, und dennoch ist die Scham noch heute mein ständiger Begleiter.

1. KAPITEL – DER BESUCH

Flug LX2085 aus Lissabon kommend, hatte Verspätung, was mir genügend Zeit verschaffte, in der Snack Bar einen Kaffee zu trinken. Ich setzte mich an einen Tisch, von dem aus ich die ankommenden Passagiere im Auge behalten konnte. Ich freute mich auf Gaby, gleichzeitig war ich aber auch etwas angespannt.

Drei Jahre waren vergangen, seit ich Gaby das letzte Mal gesehen hatte. Ich war ihrer Einladung gefolgt und für eine Woche zu ihr nach Estoril, dem an der Küste gelegenen noblen Vorort von Lissabon, gefahren.

„Wen willst du in Portugal treffen?", hatte sie mich kurz vor meiner Abreise am Telefon gefragt.

„Niemanden", hatte ich geantwortet.

„Auch keinen aus unserer Schule?", hatte sie sich ungläubig erkundet?".

„Nein, ich komme, um dich zu sehen und will so viel Zeit wie möglich mit dir verbringen. "

In Portugal eröffnete sie mir aber dann doch, dass sie mir zu Ehren ein Mittagessen mit ehemaligen Schülerinnen vereinbart hatte.

Glücklicherweise waren die Beteiligten nicht in meine Klasse gegangen. Ich kannte sie jedoch von den langjährigen Begegnungen auf dem Pausenhof und von gemeinsamen Mittagessen in der Schulkantine.

Sie alle freuten sich, mich zu sehen und ihre offene Zuneigung ließ mich für einen Augenblick die Vergangenheit mit etwas mehr Wohlwollen betrachten. War sie wahrhaftig so schlimm gewesen, oder hatte ich mir vieles nur eingebildet?

Ich war froh, dass Gaby meine ehemaligen Klassenkammeraden nicht zu dem Treffen eingeladen hatte. Sie wussten zu viel über mich, und ich war noch nicht bereit, meine Verwundbarkeit vor ihnen zu entblößen. Die Anwesenden hingegen, wussten über meine Vergangenheit so gut wie nichts.

Wie gut, dass Gaby sich durch meine Beteuerung, nur sie sehen zu wollen, nicht hatte einschüchtern lassen.

Während des Mittagessens wurde viel gelacht und einige der Anwesenden wollten wissen, wie es mir ging, ob ich verheiratet sei und ob ich Kinder und Kindeskinder hätte. Ich begann, mich zu entspannen und war bald in Hochstimmung, als diese durch die abfällige Frage der mir schräg gegenübersitzenden Annabelle wie eine Seifenblase zerplatzte. „Und wer bist du?" Ihre herablassende Art, die sich auch auf ihrem Gesicht widerspiegelte, versetzte mir einen Stich ins Herz. Ihre Frage war sicherlich ohne Hintergedanken erfolgt. Über fünfzig Jahre waren vergangen, seit wir uns zuletzt begegnet waren. Es war denkbar, dass sie mich nicht erkannt hatte. Aber der Ton, in welchem ihre Frage geäußert worden war, gab mir zu verstehen, dass ich in dieser Runde nichts verloren hatte und eine Außenseiterin war, eine Rolle, die mir in all den Jahren auf der Bühne Lissabons in Fleisch und Blut übergegangen war.

Gaby trat in die Ankunftshalle. Ihr Anblick vertrieb meine düsteren Gedanken. Ich lief auf sie zu. Sie stellte ihren Koffer ab, und wenig später lagen wir uns lachend in den Armen. Es war so wie früher. Nichts hatte sich zwischen uns verändert. Meine Anspannung verschwand. Im Auto redeten wir ohne Punkt und Komma. Unbewusst verfiel ich in den Schnodderton und war auf einmal wieder in meinem geliebten

Lissabon. Vor vielen Jahren war ich vor Portugal und meiner Vergangenheit weggelaufen. Ich hatte mir eingebildet, dass Portugal mir nicht fehlen würde. Damals hatte ich nur fortgewollt, mir gewünscht, weit weg von Portugal und der geliebten Mama ein neues Leben aufzubauen, in dem die Vergangenheit keine Rolle mehr spielen würde.

Während ich mit Gaby nachhause fuhr, wurde mir jedoch auf schmerzliche Art bewusst, wie sehr ich mein Heimatland und meine Sprache vermisst hatte. Ich kam mir vor wie ein Verdurstender, der in der Wüste endlich eine Wasserstelle erreicht. Hier, weit weg von Portugal und von Menschen, die sich vielleicht an meiner Vergangenheit stießen, konnte ich meinen Gefühlen freien Lauf lassen und gierig das kleine Stückchen Portugal aufsaugen, das mit Gaby in die Schweiz gekommen war.

Gaby fühlte sich bei uns ausgesprochen wohl. Sie bewegte sich in unseren vier Wänden so ungezwungen wie damals bei mir zuhause in Lissabon. Sie wurde von meinen Kindern, die sie von Besuchen in Portugal her kannten, herzlich empfangen. Milena, die größere Enkeltochter, wollte alles über *Vóvós*, Omas Freundin wissen und Tessa, das zwanzig Monate alte Baby, war entzückt über den Kehrreim, den Gaby aufsagte, während sie an den Grübchen seiner Händchen zupfte: Serapico pico pico…

Gaby ist schon lange wieder in Portugal. Aber Tessa verlangt noch immer, dass ich an ihren Fingerchen zupfe und Serapico pico pico aufsage. Ein wunderbares Stückchen Portugal, das meine geliebte Gaby bei uns zurückließ, und das mich seither nicht mehr losgelassen hat.

Ich bin 70 Jahre alt und kann mit der Zeit, die mir bei guter Gesundheit auf dieser Erde verbleibt, nicht allzu verschwenderisch umgehen.

Ich will mit Horst mehrere Monate in Portugal verbringen, mein Land unbeschwert, gelöst und ungezwungen genießen, meine Klassenkameraden besuchen und natürlich Gaby wiedersehen. Ich will in Lissabons *Tascas*, den urchigen Tavernen, dem von mir geliebten und von Mama schrill empfundenen Fadogesang lauschen und dazu *caldo verde*, die Kohlsuppe mit *chouriço* essen. Ich möchte nach Coimbra, Porto, Braga und Guimarães fahren und in einem Weingut am Hang des Douro den besten Portwein trinken.

Ich habe so viel versäumt, aber noch ist es nicht zu spät. Meine verlorengegangene Jugend kann ich nicht mehr nachholen, wohl aber die *saudade*, den für uns typischen Weltschmerz lindern, der mich in all den Jahren unbewusst begleitet hat.

Ich muss mich der Vergangenheit stellen, damit ich endlich loslassen kann. Es wird nicht leicht werden. Ich werde alte Wunden aufreißen, mich für vieles erneut schämen. Aber am Ende wird der Duft der Mimosen, das Azur des Himmels und der Geruch nach Meer mich endlich gesunden lassen.

2. KAPITEL – IM TESSIN

Es war entsetzlich heiß. Beinahe noch heißer als am Vortag. Ich fragte Mutti, ob wir in den Lido gehen könnten, aber sie verneinte. Das Wasser sei zu schmutzig.

Sehnsüchtig betrachtete ich vom Balkon aus den Lago di Lugano, in dem sich die umliegenden Berge spiegelten und auf dessen Oberfläche unzählige Boote tanzten. Ich konnte in der Ferne die Badelustigen erkennen und gedämpft ihre Rufe hören, die die Brise zu mir herüberwehte. Ach, wie sehr beneidete ich an diesem heißen Nachmittag die Nachbarskinder in Lissabon, die jetzt mit ihren Eltern sicherlich schon ans Meer gefahren waren, während ich im Tessin bei den Großeltern war und nicht im See baden durfte, weil Mutti das Wasser als zu schmutzig erachtete.

Mutti und ich würden erst Ende August wieder nach Portugal zurückkehren. Vielleicht ergäbe sich nach unserer Rückkehr noch einmal eine Möglichkeit, an den Strand zu fahren, obwohl der September bereits ganz schön frisch werden konnte. Nicht selten fegte dann bereits eine trotzige Brise vom Atlantik über das Land und wies den Sommer in seine Schranken.

Seit zwei Tagen waren Mutti und ich zu Besuch bei den Großeltern. Nach den sechzig Stunden Bahnfahrt von Lissabon bis nach Lugano konnte ich noch immer das Rattern der Räder unter den Füßen und das schwankende Abteil in meinem Magen spüren.

Die Großeltern stammten aus Berlin und waren erst Ende des Krieges ins Tessin gezogen. Großpapas einzige noch lebende Schwester Heidi hatte ihnen den Aufenthalt in der Schweiz ermöglicht. Sie hatte für sie gebürgt und ihnen am Anfang, als der Großpapa noch keine Pension erhielt, finanziell über die Runden geholfen.

Großpapa war Jude, die Großmama hingegen nicht. Bei ihren jüdischen Schwiegereltern – meinen Urgroßeltern – war sie nicht sonderlich beliebt gewesen. Sie hatten von der Großmama stets als *Gojte*, der Nichtjüdin gesprochen und dem Großpapa deshalb seinen Erbteil verweigert, mit dem es den Großeltern möglich gewesen wäre, 1933 aus Deutschland wegzugehen.

Tante Heidi hatte im Gegensatz zu ihrem Bruder ihren Anteil am damals noch beträchtlichen Vermögen bekommen und sich rechtzeitig in Zürich in Sicherheit gebracht.

Die anderen beiden Schwestern, Tante Fränze und Tante Berta, den Ernst der Lage verkennend, waren in Deutschland geblieben, und, wie ich später erfuhr, nach Auschwitz deportiert worden.

Großmama und Großpapa hatten im Tessin weder Freunde noch Bekannte. Als Deutsche fühlten sie sich in der ihnen feindlich gesinnten Fremde nicht wohl. Der Großpapa sprach kein Italienisch. Die Großmama konnte sich verständigen, aber der Tessiner Dialekt war für sie Chinesisch. Noch heute bleiben die Bewohner dieses Teils der Schweiz lieber unter sich, und nach dem Krieg waren die Ressentiments den Deutschen gegenüber wohl besonders stark

Der Großpapa war ein bekannter und angesehener Jurist und hatte sich auf Eisenbahnrecht spezialisiert. Um sich und die Großmama in den ersten Jahren im Tessin über Wasser zu halten, schrieb er Artikel für das Internationale Transport Journal, das auch in Portugal erschien. Das

Journal war eine angesehene Zeitschrift, die es jedoch immer wieder versäumte, die Honorare pünktlich auszuzahlen. Der Großpapa wartete stets ungeduldig auf die dringend benötigten Geldbeträge. Wenn diese nicht fristgemäß eintrafen, schimpfte er lautstark über den Verleger und schlug dabei wütend mit der Faust auf den Esstisch.

Wenn immer die Frage auftauchte – hat Wegmann vom ITJ bezahlt – und die Großmama diese verneinte, zog ich mich in mein Zimmer zurück. Ich verstand damals nicht, worum es ging, aber ich fürchtete mich vor den Wutausbrüchen des Großpapas und der Anspannung, die in der Luft lag.

Nach dem Mittagessen war es noch heißer geworden als am Morgen. Eine drückende Schwüle hatte sich über den See gelegt und den Blick auf die Berge getrübt. Die Erwachsenen, betäubt von der Hitze und dem monotonen Zirpen der Zikaden, hatten sich zu einem Mittagsschläfchen zurückgezogen und mich mit der Aussicht auf ein späteres Vanilleeis im Café Vanini auf der Piazza della Riforma und der

Sehnsucht nach einem Sommer in Portugal allein gelassen.

Nach der Wiedersehensfreude mit den Großeltern, der Hektik des Auspackens und dem Austausch kleiner Willkommensgeschenke, setzte bei mir schon bald die Langeweile ein. Ich vermisste meine Schulkameraden und Gaby, die den Sommer am Meer verbringen durften.

Besonders neidisch war ich jedoch auf die Nachbarskinder unseres Wohnhauses, die die langen Sommermonate an der Costa da Caparica, dem lebhaften Badeort mit seinen traumhaften Sandstränden in der Nähe Lissabons verbrachten.

Erst wieder zum Schulanfang kehrten sie ganz braun gebrannt nach Lissabon zurück und erzählten mir von den Freunden, die sie am Strand kennengelernt hatten.

Wehmütig lauschte ich den Schwärmereien der in Costa da Caparica zusammengeschweißten und eingeschworenen Gruppe und kam mir wie eine Ausgestoßene vor. Ich konnte nicht mitreden, und ihr Interesse an der Schweiz, den Bergen, der Schokolade und meinen bescheidenen Mitbringsel hielt sich in Grenzen.

Gestern, nach einem ebenso langweiligen Tag im Tessin, hatte ich Mutti gefragt: „Können wir nächstes Jahr die Ferien ebenfalls an der Costa da Caparica verbringen?"

„Aber doch nicht in Caparica. Dort machen nur die «kleinen Leute» Ferien, und die sind kein Umgang für dich", hatte Mutti abfällig, fast entrüstet über mein Begehren, geantwortet.

Nun ja, ich hatte den Zeitpunkt für mein Anliegen nicht gerade günstig gewählt: Ein ganzes Jahr lang hatte meine Mutter sich auf das Wiedersehen mit ihren Eltern gefreut, mit denen sie Heimat verband und bei denen sie sich angekommen fühlte. Sie wollte jetzt nicht an Portugal denken und schon gar nicht an die Costa da Caparica, die für sie wie ein Ort auf einem entlegenen Planeten war.

Dennoch hatte ich es als Kränkung empfunden, dass sie den Badeort als unschicklich bezeichnet hatte, an dem nur die „kleinen Leute" Ferien machten. In meinen Augen handelte es sich bei unseren Nachbarn nämlich keineswegs um kleine Leute. Uns gegenüber wohnte mein Freund Nuno, der vor einigen Jahren noch regelmäßig zum Spielen zu mir herübergekommen war. Sein Vater war Kaufmann, seine große Schwester arbeitete in einer Bank und die Mutter war nur Hausfrau, im Gegensatz zu Mutti, die arbeiten gehen musste. Zudem war ihre Wohnung schöner eingerichtet als unsere. In dem kleinen Wohnzimmer, gleich rechts neben dem Flur, wo bei uns die Bibliothek war, stand eine voluminöse, mit Seide überzogene Sitzgruppe, die fast den ganzen Raum einnahm. Und auf dem Boden lag ein flauschiger, heller Teppich.

Bei uns lagen keine Teppiche, und es gab auch keine Sofas, nur mit Lehnen bestückte Holzstühle, auf denen bunte Kissen lagen, die die Bescheidenheit unserer Einrichtung cachieren sollten.

Im Erdgeschoss wohnten Silvinha und Diogo Oliveira, mit denen ich in jungen Jahren ebenfalls gespielt hatte, wenngleich nicht so oft wie mit Nuno. Herr Oliveira fuhr immer die neusten Autos und seine Frau musste auch nicht arbeiten. Wenn meine Nachbarn kleine Leute sein sollten, verstand ich die Welt nicht mehr.

Übermorgen würde Großmamas Schwester Lena anreisen. Sie war Witwe, wohnte in Bremen und kam einmal im Jahr zu Besuch ins Tessin. Auch Großpapas Schwester, Tante Heidi, würde sich in wenigen Tagen zu uns gesellen. Die fünf-Zimmer-Wohnung der Großeltern bot nicht für alle genügend Platz, weshalb Tante Heidi in einer Pension in Castagnola Dorf und Tante Lena in einem Zimmer über uns wohnen würde, welches von der Großmama dazu gemietet worden war.

Wir wären dann zu sechst: Großmama, Großpapa, die beiden Großtanten, Mutti und ich. Vielleicht würde sich auch dieses Jahr Pater Gregorius, Mamas Cousin, aus Rom zu uns gesellen und den Kreis unserer Familie abrunden. Wir wären dann immer noch keine «normale» Familie, aber doch eine, die dem Vergleich mit denjenigen der Nachbarskinder und der Schulkameraden standhielt.

Ich liebte die Großeltern und die Tanten, aber die Ferien im Tessin waren sterbenslangweilig. Nirgends fanden sich Kinder zum Spielen. Die Mutti war ein Einzelkind, genau wie ich. Deshalb gab es weder Cousins, Kusinen, Geschwister noch Kinder von Freunden und Bekannten,

mit denen ich mich hätte vergnügen können.
Nur Großmamas Katzen, von denen die eine
bösartig und hinterlistig war. Sie schrie den ganzen Tag nach den Katern, die sich um das Haus
herumtrieben. Zwei Tage nach Tante Heidis Ankunft verirrte sich einer von ihnen durch ein offenes Fenster in die Wohnung. Ich packte ihn,
ging auf den Balkon und warf ihn über das Ge-
länder. Der Kater fiel auf eine große, breite, von
Handwerkern zurückgelassene und an die
Hausfassade angelehnte Glasscheibe. Fasziniert
beobachtete ich, wie er in die Tiefe rutschte und
sich schreiend, aber unversehrt aus dem Staub
machte. Ich freute mich, dass ich Großmamas
Katze einen ihrer Liebhaber abspenstig gemacht
hatte. Das war die Strafe dafür, dass sie sich von
mir nicht streicheln ließ, die Ohren anlegte und
ihre Krallen ausfuhr. Als ich zurück ins Zimmer
trat, stand die Großmama vor mir und verpasste
mir eine Ohrfeige. „Du hättest das arme Tier fast
umgebracht", rief sie erzürnt.

„Aber doch nicht bei einem Sturz vom Hoch-
parterre in den Garten. Katzen fallen immer auf
alle vier Pfoten, weshalb sie sich nichts brechen
können", rechtfertigte ich mich. „Man sagt, sie

hätten sieben Leben, das hat uns unser Klassenlehrer beigebracht."

Die Erklärungen meines Ausbilders waren der Großmama egal, und bis zum Abendbrot sprach sie kein Wort mehr mit mir. Den Nachmittag rettete schließlich Tante Lena, die mit mir in den winzigen nahegelegenen Park ging und mir dort das Legen von Patiencen beibrachte.

Tante Heidi würde morgen mit Mutti für zehn Tagen nach Grindelwald fahren. Sie war das wohlhabendste Mitglied unserer Familie und lud Mutti jedes Jahr zu einem Aufenthalt in den Bergen ein. Mutti sollte sich von der anstrengenden Zeit in Portugal erholen, derweil ich bei den Großeltern blieb.

Während Muttis Abwesenheit beschäftigten die Erwachsenen sich mit mir so gut sie konnten: Der Großpapa entführte mich mit seinen aufregenden Geschichten in die Welt des Berggeistes Rübezahl. Er brachte mir auch die Namen der Berge bei, die den Luganer See säumten, und die mir noch heute geläufig sind: San Salvatore, Monte Boglia, San Giorgio, Monte Brè. Tante Heidi machte mich mit den Spielkarten vertraut, und die Großmama weihte mich in die Geheimnisse des Nähens ein. Wenn immer sie sich an die Maschine setzte, um eins ihrer beiden Kostüme auszubessern (mehr Kleidungsstücke besaß sie nicht), durfte ich ihr dabei zusehen. Sie war es auch, die mir die Technik des Hohlsaumes beibrachte, die ich noch heute anwende, wenn ich einen neuen Bezug für meine Zierkissen nähe und die eine Seite von Hand verschließen muss.

Ihre Bemühungen wogen Muttis Abwesenheit jedoch nicht auf. Aber schon bald würde sie zurücksein. Vor ihrer Abreise nach Grindelwald hatte sie versprochen, mit mir auf den Monte San Salvatore zu fahren und die Vorfreude auf den bevorstehenden Ausflug dämpfte meine Langeweile, die die eintönigen Tage bei den Großeltern prägten.

Von Castagnola aus, wo die Großeltern wohnten, sah der San Salvatore mit seinen zwei aufgestellten Ohren besonders drollig aus, und ich malte mir aus, wie es sein würde, von ihm auf die Stadt und den gegenüberliegenden Monte Brè hinabzuschauen.

Im Tessin hing oft Dunst über dem See. An diesen Tagen waren die Berge nur schemenhaft auszumachen, und die Häuser tauschten ihr farbiges Kleid gegen eine triste, graue Kluft ein.

„Am Freitag soll es jedoch schön werden, sagte Mutti nach ihrer Rückkehr aus Grindelwald und Tagen des alles verschluckenden Dunstes „und dann fahren wir beide auf den San Salvatore".

Ich fieberte unserem Ausflug entgegen. Endlich würde ich mein Müttchen einen ganzen Tag lang für mich allein haben. Im Tessin gab es nicht viele Gelegenheiten, ihre uneingeschränkte Gesellschaft zu genießen. Die Erwachsenen hatten sich ein Jahr lang nicht gesehen und viel nachzuholen.

Mutti hatte mir aus Grindelwald eine aus Holz gefertigte Schlange mitgebracht. Sie bestand aus einzelnen, beweglichen Gliedern, und auf dem Kopf hatte ihr Macher große, schwarze Augen und furchteinflößende weiße Zähne aufgemalt. Sie war nicht schön, aber man konnte sie durch die Finger gleiten lassen und sich mit ihr die Zeit vertreiben.

Endlich war der ersehnte Tag unseres Ausflugs gekommen. Ich wachte im Morgengrauen auf, zwang mich aber, im Bett zu bleiben. Erst als ich Großmamas und Muttis Stimmen hörte, die gedämpft aus dem *Tinello*, dem kleinen

Speisezimmer, zu mir herüberdrangen, stand ich auf und lief ans Fenster. Zögerlich zog ich die Vorhänge auf, aus Angst der Tag könnte verhangen sein. Meine Sorge war unbegründet gewesen. Der Himmel war stahlblau, und hinter den Ohren des San Salvatore kroch die Sonne als ein goldgelbes, glitzerndes Etwas hervor. Ich stürmte ins Tinello.

„Mutti, hast du gesehen, wie schön das Wetter ist?"

„Willst du uns nicht zuerst guten Morgen sagen", dämpfte Mutti mein Entzücken.

Artig gab ich zuerst meiner Mutter und dann der Großmama einen Kuss und lief ins Badezimmer.

Ich brauchte lange, um mich zu waschen und die durch Muttis Ermahnung verursachte Verstimmung herunterzuschlucken und befürchtete schon, das Frühstück verpasst zu haben. Aber als ich ins Tinello stürmte, stellte ich fest, dass der Kaffeetisch noch unberührt war.

Nach einer Weile humpelte endlich der Großpapa ins Zimmer, und wir konnten mit dem Essen beginnen. Mit jeder leergetrunkenen Kaffeetasse hoffte ich, das Frühstück sei beendet, aber an jenem Morgen schien das Verlangen nach frischgebrautem Kaffee unersättlich zu sein. Nach einer guten Stunde war es endlich so weit. Das Geschirr war abgeräumt, Mutti war ebenfalls angezogen, es konnte losgehen.

Die Sonne stand schon hoch am Himmel, und die Hitze wurde unerträglich, aber Mutti war wieder zu der Großmama ins Tinello gegangen. Ich rief nach ihr. Sie kam in mein Zimmer, wo ich mir das Warten mit der Schlange vertrieb. Immer wieder hatte ich sie durch meine Finger gleiten lassen, in der Hoffnung, sie möge meine Ungeduld zügeln. „Worauf warten wir noch? Es ist schon spät und ich will endlich gehen."

„Wir müssen uns noch ein wenig gedulden, Großmama streicht Brötchen."

„Wir können doch auch etwas im Bergrestaurant essen", meinte ich unwirsch.

Mutti zog tadelnd die Augenbrauen hoch und ging wortlos aus dem Zimmer. Kurz darauf kehrte sie mit den belegten Broten zurück, die ich eilig in meinen Rucksack stopfte. „Jetzt können wir aber los", rief ich voller Unruhe.

„Großmama kocht uns noch eine Bouillon. Sie will, dass wir gestärkt auf unsere Reise gehen."

„Ich will aber keine Bouillon", rief ich zornig. „Sag ihr, dass wir ihre Suppe nicht essen wollen".

„Das werde ich nicht tun, es würde sie tief kränken, wenn wir sie verschmähten! "

Aus meiner Ungeduld wurde Zorn, der von Minute zu Minute ins Unermessliche wuchs. Was sollte diese Hinhaltetaktik? Gönnte mir die Großmama die Stunden mit meinem geliebten Müttchen nicht? Aber auch Mutti hätte der Großmama sagen können, dass wir die Brühe nicht wollten, und ich verstand nicht, warum sie es nicht getan hatte.

Meine Finger, durch die ich noch vor wenigen Minuten die kleine Schlange hatte hindurchgleiten lassen, umklammerten sie jetzt so fest, dass die Knöchel weiß hervortraten. Und als Mutti zur Großmama ins Tinello gehen wollte, hielt ich sie ihrer Bluse fest und schlug mit der Schlange auf ihren nackten Unterarm.

Sie sah mich aus ungläubigen, weitaufgerissenen Augen an. Wortlos schritt sie zur Tür. Aber auf der Schwelle drehte sie sich noch einmal um. Währen einer Ewigkeit blieb sie stehen, und dann sprach sie die Worte aus, an die ich mich heute noch genau erinnere: „Der San Salvatore ist für dich gestorben, und jetzt komm und iss die Bouillon."

Ich verfluchte die Großmama, die mich mit ihrer Boshaftigkeit um meinen Ausflug gebracht hatte.

Ach, wie sehr sehnte ich mich in diesem Augenblick nach Portugal und nach den sonntäglichen Ausflügen ans Meer, die ich allein mit Mutti vor der Reise in die Schweiz regelmäßig unternahm. Wir brachen immer zu früher Stunde auf, denn Mutti wollte vor zehn Uhr am Strand sein. Zu dieser Zeit wäre die Sonne noch nicht schädlich und die Hitze erträglich.

Wir besaßen kein Auto und fuhren mit den öffentlichen Verkehrsmitteln ans Meer. Ich hasste es, bis zum Bahnhof in dem oft überfüllten Doppeldeckerbus zu fahren. Ich maulte bereits, wenn er sich der Haltstelle näherte, denn selten waren zwei Sitzplätze nebeneinander frei, und immer musste ausgerechnet ich neben einer nach Knoblauch stinkenden Bauersfrau Platz nehmen, deren ausladendes Hinterteil mehr als einen Sitz beanspruchte.

Als Entschädigung löste Mutti für den Vorortzug ans Meer Fahrkarten für die erste Klasse. Mein Gesicht erhellte sich immer dann, wenn es mir gelang zwei gegenüberliegende Fensterplätze zu ergattern, die den Blick auf den Ozean freigaben.

Bis zur dritten Haltestelle machte Mutti mir allerdings Vorhaltungen wegen meiner Überheblichkeit. Die Busfahrt hätte mir nicht geschadet, und viele Kinder in Afrika litten Hunger, während ich ans Meer fahren durfte. Ich wurde mir meiner bevorzugten Lage bewusst, aber davon stanken die Marktfrauen nicht weniger und die Kinder in Afrika hatten auch nicht mehr zu essen.

Ich schaute aus dem Fenster, und als der Zug nach einer halben Stunde an dem steilen Felsen vorbeifuhr, und das Meer in seiner ganzen Pracht sich vor meinen Augen ausbreitete, waren alle Vorhaltungen vergessen, und ein wunderbarer Tag begann. Wir stiegen in Estoril, dem bekannten Badeort an der Costa do Sol aus. Müttchen mietete für einen halben Tag eine Strandkabine mit einem Vorzelt, unter dem es angenehm kühl war.

Das Wasser des Atlantiks war eiskalt, dennoch sprangen wir in die Wellen hinein und ließen uns von ihnen eine Zeitlang sanft hin und her wiegen.

Den Höhepunkt des Morgens bildete das Auftauchen der weißgekleideten Kuchenfrau. Schon von weitem hörte ich sie ihre Waren anpreisen. Ungeduldig wartete ich, bis sie endlich zu uns kam, ihr Holzköfferchen elegant auf dem Kopf balancierend. Trotz ihres Körperumfangs ging sie mit ihrer Fracht geschickt in die Knie, um sie dann behutsam vom Kopf zu nehmen und sie neben sich auf den Sand zu stellen. Ich konnte es kaum erwarten, bis das alte von der Salzbrise verrostete Schloss aufschnappte, der Deckel aufsprang und die herrlichen Backwaren in Sicht kamen. Ich durfte nur ein Stück nehmen – Mutti achtete auf meine Figur – und deshalb entschied ich mich immer wieder für den gleichen Berliner, dessen Teig feucht und zugleich herrlich luftig war.

Während ich die langweilige Bouillon der Großmama lustlos in mich hineinlöffelte, hatte ich noch immer den Duft aus dem Koffer der Kuchenfrau in der Nase und bildete mir ein, den

Berliner mit der Erdbeerfüllung im Mund zu haben. Mutti sagte etwas zu mir, aber ich war mit meinen Gedanken schon wieder in Estoril, wo wir die Sonntage verbrachten.

Zum Mittagessen gingen wir meistens in das kleine Restaurant unter den Arkaden, von wo aus wir auf den mit Blumenrabatten bestückten Park vor dem berühmten Kasino blickten. Ich durfte mein Lieblingsessen bestellen *bife com batatas fritas*, Steak mit Pommes frites, die nirgends so gut schmecken wie in Portugal. Ich musste kein Gemüse essen. An Sonntagen machte Mutti eine Ausnahme. Unter der Woche gab es dann wieder die einfallslose, aber gesunde, mit Gemüse und Salat angereicherte Kost, die das Dienstmädchen streng nach Muttis Vorschriften zubereitete.

Den Nachmittag verbrachten wir im Park, und vor der Rückfahrt nach Lissabon durfte ich an der Strandpromenade *Tamariz* noch ein Vanille-Eis essen.

Endlich hatte ich die Bouillon ausgelöffelt und durfte den Esstisch verlassen. Ich trat auf den Balkon und blickte auf den spiegelglatten, in der

Mittagssonne funkelnden See und den San Salvatore, der an diesem herrlichen glasklaren Tag besonders nah zu sein schien. Aber durch den Tränenschleier sah ich nicht ihn, sondern den Ozean, auf dessen Oberfläche kleine weiße Schaumköpfchen tanzten.

3. KAPITEL – DIE ROTE SCHLEIFE

Nach den Sommerferien setzte bei mir eine Veränderung ein. Sie geschah langsam und von mir beinahe unbemerkt, und es dauerte eine ganze Weile, bis ich sie mit meinen zehn Jahren wahrnahm.

Gaby und ich waren schon lange befreundet, aber in diesem Jahr war ich zum ersten Mal bei ihr zum Mittagessen eingeladen. Es war kurz vor Weihnachten. Ihre Mutter holte uns in einem VW Käfer von der Schule ab. Sie fuhr nicht besonders gut und bremste scharf vor jedem Rotlicht, weshalb mein Magen nach der halbstündigen Fahrt zu rebellieren begann. Nach vier erfolglosen Versuchen gelang es ihr schließlich, das Auto in eine Parklücke vor einem stattlichen Bürgerhaus einzufädeln. "So, da wären wir", sagte sie etwas verlegen und ging eiligen Schrittes auf den Eingang des Hauses zu. Ein livrierter Portier öffnete die Tür, führte die Hand an seine Mütze und grüßte ehrfurchtsvoll.

Wir betraten den prunkvollen Eingang. Auf den Stufen, die zu der schmiedeeisernen mit Scherengittern versehene Fahrstuhlkabine

führte, lag ein blau weiß gemusterter hochfloriger Treppenteppich mit Stufenstangen aus Messing. Gaby wohnte im obersten Stockwerk. Der
elegante, altersschwache Aufzug rumpelte ge-
mächlich in die fünfte Etage hinauf, wo er mit einem Ruck zum Stehen kam. Als wir aus der Kabine traten, dämpfte der blau-weiße Teppich, der
auch im Hauseingang lag, unsere Schritte.

Die Wohnung war riesig. In den ellenlangen
Gang mündeten viele Türen. Ein großes zweige-
teiltes Bad befand sich in der Mitte des Flurs. Der
rote Salon, der wegen der mit purpurnem Brokat
überzogenen Louis XVI Sessel so genannt
wurde, befand sich im vorderen Teil der Wohnung, während das geräumige Esszimmer mit
einer gemütlichen Sitzecke am Ende des Korri-
dors lag. Dazwischen gab es unzählige Zimmer,
von denen meine Freundin ein großes und ein
angrenzendes, kleineres Zimmer bewohnte. Gabys Häuslichkeit im vornehmen Stadtviertel São
Sebastião war sogar für Lissabons geräumige
Wohnverhältnisse spektakulär. Aber sie beeindruckte mich nicht so stark wie die mit goldenen
Kugeln verzierte rote Samtschleife, die im Treppenhaus an der Wand neben der Wohnungstür

hing. Gegenüberliegend war der Eingang eben-falls mit einem silbernen Kranz, an dem unzählige kleine Kugeln hingen, weihnachtlich geschmückt.

Mutti holte mich am späten Nachmittag ab. Gabys Mutter bat sie auf einen Kaffee herein, den sie jedoch dankend ablehnte. Es würde sonst zu spät mit dem Abendessen, und ich müsste früh ins Bett.

Auf dem Heimweg war ich ungewöhnlich schweigsam und beantwortete nur einsilbig ihre Fragen.

Das Taxi setzte uns vor unserem Haus ab. Ein stark anbrechender Regen prasselte gegen die Autoscheiben. Mutti ließ sich Zeit mit der Entlöhnung des Fahrers, in der Hoffnung, der Regen würde sich so rasch verziehen, wie er gekommen war. Doch das Gegenteil war der Fall. Dicke Tropfen fielen aus den Wolken und entluden sich ihrer Wassermengen mit klatschenden Spritzern auf dem handgeschlagenen Kleinsadtpflaster.

Wir sprangen aus dem Auto und rannten auf die Eingangstür zu. Mutti versuchte sie aufzudrücken, aber an diesem nassen Spätnachmittag war sie ausnahmsweise verschlossen.

Ich klingelte, und während wir darauf warteten, dass das Hausmädchen den Öffner betätigte, wurde ich mir zum ersten Mal der Schäbigkeit unserer Behausung in aller Deutlichkeit bewusst: Der Wohnblock besaß keinen Dienstbotenaufgang. Die hölzernen Abfallkisten waren am Morgen zwar geleert worden, aber vereinzelte Salatblätter, Orangenschalen und Abfälle von Gemüse bevölkerten noch immer den Vorgarten, in dem die niedrigen, ausgefransten Ligusterhecken ein tristes Dasein fristeten. Im Treppenhaus stank es nach Urin. Aus dem unterirdischen Verbindungsgang, der zu den verwilderten Gärten hinter dem Haus führte, drang der penetrante Geruch zu uns herauf. Wahrscheinlich waren wieder einmal Landstreicher in das unverschlossene Haus gedrungen und hatten im Gang ihre Notdurft verrichtet.

Wir wohnten im zweiten Stock ohne Lift. Oben war der Treppenaufgang sauberer. Der grüne Handlauf blätterte aber auch hier ab. Und nach dem Besuch in der vornehmen Wohnung meiner Freundin, blubberte meine Scham in den aufsteigenden Blasen meiner siedenden Gefühle. Obwohl ich Mutti über meine Empfindungen im

Dunkeln ließ, merkte sie, dass mit mir etwas nicht stimmte, und dass meine Stimmung mit dem Besuch bei Gaby zusammenhing. Sie konnte d en Finger zwar nicht sofort auf die Wunde legen, erhielt aber am nächsten Morgen die Gewissheit darüber, dass sie mit ihrer Vermutung richtig gelegen hatte.

Entgegen meiner Gewohnheit, mich erst im letzten Moment aus den weichen Decken zu schälen, war ich an jenem Morgen sehr früh aufgestanden und hatte aus dem Koffer mit dem Weihnachtsschmuck eine rote mit Goldfäden bestickte Schleife herausgeholt. In Muttis Werkzeugkiste fand ich das, was ich brauchte. Noch im Nachthemd öffnete ich die Haustür, schlug einen Nagel in die angrenzende Wand ein und befestigte an ihm die Schleife. Anschließend verzierte ich sie mit einem Glockenstrang, den ich um den Nagel schlang und betrachtete prüfend mein Werk.

Die improvisierte und bescheidene Weihnachtsdekoration konnte es mit jenen in Gabys Treppenhaus nicht aufnehmen, lenkte aber von dem abblätternden Handlauf und den unansehnlichen Wänden ab.

Mutti ging auf meine Verschönerungsversuche mit keinem Wort ein. Am Abend führte sie mich jedoch zu zwei, vor kurzem und auf unerklärliche Weise aus Deutschland eingetroffenen und in der Abstellkammer verstauten Kisten und bat mich, ihr beim Auspacken zu helfen.

Ich staunte nicht schlecht, als aus der größeren der beiden zwei stattliche Ölgemälde zum Vorschein kamen. Es waren düstere Porträts der Eltern meines Großvaters mütterlicherseits, die von den schweren, verschlungenen Blattgoldrahmen in ihrer Förmlichkeit gefangen gehalten wurden. Stolz hing Mutti sie über der Anrichte im Esszimmer auf, wo sie uns mit missbilligen Blicken bei den Malzeiten zusahen. Die kleinere Kiste enthielt Kristallgläser. Mama zeigte auf das eingravierte Monogramm und erklärte mir, dass sie den neuen und unheimlichen Bewohnern unseres Esszimmers gehört hatten, die an der Tiergartenstraße in Berlin in einer eleganten Wohnung residiert hatten. Die Gläser wurden in der Vitrine verstaut, und zusammen mit den Bildern, schienen sie mir sagen zu wollen, dass ich mich meiner Herkunft nicht zu schämen brauchte. Nur schade, dass der Glanz, von dem sie zeugten, längst erloschen war.

Als ich am nächsten Tag mittags aus der Schule kam, waren Schleife und Glockenstrang verschwunden. Das Hausmädchen, das Mutti hauptsächlich deshalb eingestellt hatte, um auf mich aufzupassen und den Haushalt zu besorgen, während sie im Büro war, hatte mir geraten, die Schleife nicht aufzuhängen. Der Aufgang unseres Hauses war unbewacht, und die Eingangstür stand meistens offen. Deshalb war es für Zigeuner, fahrende Händler und anderes Gesindel ein Leichtes, sich Zugang zum Treppenhaus zu verschaffen. Ich wusste um diesen Missstand Bescheid, schlug seine Warnung jedoch in den Wind. Ich hatte gehofft, dass meine Weihnachtsdekoration die wenigen Tage bis zum Fest unbehelligt überstehen würde. Es hatte jedoch nicht einmal einen Tag und einer Nacht bedurft, bis sie gestohlen worden war.

Ich fühlte eine unbändige Wut in mir aufsteigen, die auch während des Mittagessens nicht abflaute, und nachdem Mutti wieder ins Büro gegangen war, nahm ich einen Buntstift und verkritzelte das gesamte Treppenhaus mit dicken, dunkelroten Strichen.

Meine Hoffnung auf einen nunmehr erforderlichen Neuanstrich, von dem vielleicht auch der Handlauf profitieren würde, erfüllte sich indessen nicht. Stattdessen drückte mir meine Mutter nach ihrer Rückkehr aus dem Büro einen Eimer Wasser, Seife und einen großen gelben Schwamm in die Hand und ließ mich unter Tränen die Wände abwaschen.

Vielleicht hätte ich meine Lage nicht so misslich empfunden, wären meine Ansprüche weniger hochgezüchtet worden: Die Urlauber an der Costa da Caparica waren kleine Leute, die keinen Umgang für mich darstellten. Ich fuhr jeden Sommer in die Schweiz und bildete unter meinen Klassenkameraden eine seltene Ausnahme. Obwohl die Großmama nur ihre beiden Kostüme besaß, kaufte sie mir teure Anziehsachen und exklusive Schuhe bei Bally. Sowohl die Mutti, als auch die Großmama betonten mir gegenüber immer wieder, dass ich einer vornehmen und gebildeten Familie entstammte, und dass die Mitschüler der Privatschule, die ich besuchte, den für mich angemessenen Verkehr bildeten. Dazu passte jedoch nicht das stillose Haus in der

Rua António Patrício, welches mich nicht nur wegen seiner Schäbigkeit belastete, sondern vielmehr deshalb, weil es bei uns zuhause nur Mutti und mich gab.

Einige Wochen später lud ich Gaby zu uns zum Mittagessen ein. Tagelang freute ich mich auf ihren Besuch, obwohl ich Angst hatte, dass unser Treppenhaus sie abstoßen würde. Erstaunlicherweise war ihr der Aufgang aber vollkommen gleichgültig. Heute glaube ich, dass sie ihn damals in der von mir übertriebenen Unansehnlichkeit nicht wahrnahm. Sie fühlte sich bei uns sogleich pudelwohl und genoss ganz besonders die gemeinsame Mahlzeit mit Mutti, von der sie sofort tief beeindruckt war. Aber wer war von Mutti nicht eingenommen? Sie strahlte Eleganz, Vornehmheit, Klasse - und trotz der Schäbigkeit unseres Hauses - eine selbstverständliche Zugehörigkeit zu den oberen Gesellschaftsschichten aus, ein Umstand, der bei mir einen Konflikt auslöste, mit dem ich bis heute nur sehr schlecht fertig geworden bin. In diesem Zusammenhang ist mir ein Ereignis bis heute in schrecklicher Erinnerung geblieben: Mutti und ich waren wieder einmal zu Besuch bei den Großeltern. Es war ein drückend heißer Tag und die Schwüle, wie sie in dieser Intensität nur im Tessin vorkommt, schnitt uns die Luft zum Atmen ab. Der sonst friedliche Großpapa litt ganz besonders unter dem Wetter und war gereizt und verdrießlich. Das Überbleibsel seines rechten Beins, welches er im ersten Weltkrieg verloren hatte, schmerzte heftig und der Juckreiz plagte ihn arg.

Ich lungerte in der Wohnung herum, unschlüssig, was ich mit mir anfangen sollte. Ich trat auf den langen Balkon hinaus, zu dem zwei Schlafzimmer und der Wohnraum Zugang hatten, und blickte unlustig auf die in Dunst gehüllten Berge und den fast bewegungslosen grauen See.

Die Balkontür des Wohnzimmers stand weit offen. Von einem heftigen Klopfen angelockt, spähte ich in den Raum, wo sich mir ein seltsames Bild bot: Der Großpapa saß an seinem Schreibtisch und klopfte wütend seine Pfeife in dem Keramikaschenbecher aus, der jederzeit zu zerbrechen drohte. Zwischendurch stütze er sich auf die Armlehnen seines Stuhls, hob den Oberkörper von der Sitzfläche ab, um sich sogleich wieder fallen zu lassen, wodurch sein Stumpf in das Polster gerammt wurde.

Aufgeschreckt durch den Lärm trat die Großmama ins Zimmer.

„Aber Albert, so beruhige dich doch."

„Ich soll mich beruhigen? Nachdem du seit
Tagen mit mir über nichts anderes als die Wiedergutmachung sprichst?"

Die Pfeife sauste auf den Aschenbecher. Dem
Hieb nicht standhaltend, zerbrach dieser in viele
bunte Scherben, die sich über die vollgestellte
Schreibfläche ergossen.

„Albert, so nimm doch Vernunft an."

„Ich will aber nicht vernünftig sein", schrie
der Großpapa, fasste sich an sein Hemd und riss
mit solcher Wucht an den Knöpfen, dass diese
abfielen und in alle Ecken des Wohnzimmers
rollten. Dann stütze er sich erneut auf die Armlehnen, wuchtete seinen Körper in die Höhe, um
sich sogleich wieder fallen zu lassen. Ein zweites
Mal wurde der Stumpf mit aller Wucht in das
Polster getrieben. Ein so grauenvolles Stöhnen
entwich dabei seiner Brust, dass mir ganz angst
und bang wurde.

„Hör auf", flehte die Großmama. „Kannst du
denn nicht einmal über deinen Schatten springen

und das Geld der Wiedergutmachung annehmen? Du könntest dich sogar noch nachbefördern lassen. Dann bekämen wir mehr Geld. Deine Pension reicht nie bis zum Monatsende. Bitte, nimm das Geld an, wir brauchen es wirklich dringend."

„Dann müssen wir uns halt noch mehr einschränken", brüllte der Großpapa und fuhr sich mit dem Ärmel über sein verschwitztes Gesicht.

„Zum allerletzten Mal …"

Im Bestreben zwischen ihren Eltern zu vermitteln, war Mutti ins Zimmer getreten. Zu ihrem Entsetzen sah sie mich an der offenen Balkontür stehen, lief zu mir und zog mich mit sich fort.

Ich weinte nunmehr hemmungslos. Ohne ein Wort zu verlieren, schloss sie die Wohnungstür auf und ging mit mir nach draußen. Sie zerrte mich den Trampelpfad bis zur Kirche San Giorgio hinauf und machte erst bei der schattigen Bank vor dem mittelalterlichen Mauerwerk Halt.

Ich weinte nach wie vor. Tiefe Schluchzer, im Wechsel mit kurzen nach Luft schnappenden Atemzügen entwichen aus meiner Brust. Mutti ließ mir Zeit. Immer wieder strich sie mir sanft über das Haar, bis ich mich beruhigte.

Ich war vollkommen verstört. Ich war neun Jahre alt, noch ein Kind, das von dem Inhalt des heftigen Disputs so gut wie gar nichts verstanden hatte. Eins war ihm jedoch klar geworden. Die Großmama hatte kein Geld, und der Großpapa wollte ihr keins verschaffen.

„Mutti, warum haben die Großeltern sich so furchtbar gestritten, und was ist Wiedergutmachung? Ist die Großmama jetzt arm?"

„Langsam, langsam, eins nach dem anderen", erwiderte Mutti und erklärte mir, was mit Wiedergutmachung gemeint war.

Auf Grund seiner jüdischen Abstammung war der Großpapa unter dem Naziregime vorzeitig in den Ruhestand versetzt worden. Damals hatte er also sein Amt als Richter nicht mehr ausüben dürfen. Nun sollte er für das Unrecht, das man ihm angetan hatte, Geld von Deutschland erhalten.

Obwohl Mutti sich bemühte, mir die komplizierten Zusammenhänge verständliche zu machen, gab mir ihre Erklärung Rätsel auf. Ich hatte noch nie das Wort Nazi gehört und konnte mir auf jüdische Abstammung keinen Reim machen. Also fragte ich noch einmal. „Warum haben die

Großeltern sich gestritten?"

„Weil der Großpapa das Geld nicht will."

„Und warum nicht?"

„Sein Stolz erlaubt es ihm nicht. Er will von Deutschland kein Geld annehmen.

„Aber die Großmama hat doch gesagt, dass sie kein Geld hat. Ist sie arm?"

„Großmama ist nicht arm, aber sie hat wenig Geld."

„Warum hat sie mir dann gestern in Lugano den geblümten Morgenrock in dem schönen Geschäft gekauft, wenn sie nur wenig Geld hat?"

Mutti war um eine Antwort verlegen. Wie sollte sie einem neunjährigen Kind die verworrenen Umstände erklären, die dazu geführt hatten, dass die Großeltern nach dem Krieg mittellos geworden waren und ihre Niederlassung im Tessin nur dank einer Bürgschaft von Tante Heidi zustande gekommen war? Und wie sollte sie mir ferner verdeutlichen, dass sie alleinerziehend war, nur von ihrem Gehalt lebte und den Großeltern deshalb nicht unter die Arme greifen konnte? Dass der Großpapa seine Schwester nicht schon wieder um Geld bitten wollte, die ihm zustehende Wiedergutmachung aber nicht annehmen wollte, war auch für sie unverständlich.

Ich ahnte damals nichts von den verzwickten Zusammenhägen und hatte deshalb auch nichts verstanden. Aber eines war mir klar geworden: Die Erwachsenen hatten ebenfalls ihre Probleme – und genauso wie ich – bekamen sie diese nicht auf die Reihe.

4. KAPITEL – WO IST MEIN VATER

Bis zu meinem zehnten Lebensjahr spielten die familiären Verhältnisse für mich eine untergeordnete Rolle, obwohl sie in meinem Unterbewusstsein präsent waren. Nicht immer gelang es mir, sie zu verdrängen. In diesen Momenten fragte ich mich, warum es bei uns keinen Vater gab, aber das waren meistens vorübergehende Überlegungen, die ich zu unterdrücken versuchte, weil ich mich mit ihnen nicht auseinandersetzen wollte. Mutti war es, die mein Leben bestimmte. Durch ihre konsequente und liebevolle Erziehung vermittelte sie mir ein Gefühl von Sicherheit und Geborgenheit. Ich hielt sie für vollkommen und hinterfragte aus diesem Grund weder ihre Handlungen noch ihre Verbote.

Je mehr mein soziales Umfeld jedoch wuchs, desto stärker verankerte sich in mir die Überzeugung, anders als meine Kameraden und Freunde zu sein. Meine Schulklasse zeichnete sich durch einen starken Zusammenhalt ab. Deshalb waren wir Schüler nicht nur während des Unterrichts zusammen, sondern machten oft auch gemeinsam Hausaufgaben. Mal bei mir, mal bei anderen

Klassenkameraden. Auf diese Weise bekam ich Einblick in ihre Familien, die alle dem traditionellen Schema der Vater-Mutter-Kind-Familie entsprachen. Bei mir zuhause gab es zwar die Mutter und das Kind, aber keinen Vater.

Eines Abends fragte ich Mutti: „Warum wohnt Vati nicht bei uns, und wo ist er?"

Mehr getraute ich mich nicht zu fragen, obwohl ich gerne gewusst hätte, wie er aussah, was er arbeitete und ob er mich liebhatte.

Mutti wurde verlegen. Es dauerte lange, bis sie mir eine Auskunft gab: „Wir ließen uns scheiden, als du zwei Jahre alt warst. Wir waren zu verschieden und haben uns deshalb nicht verstanden."

„Seht Ihr euch noch?", fragte ich.

„Nein, warum?"

„Nur so."

Mutti schüttelte verwundert den Kopf, schob aber nach: „Dein Vater lebt in Luanda, Afrika."

Afrika, dieser ferne und geheimnisvolle Kontinent mit seiner wilden Tierwelt und seinen fremdländischen Menschen war der Wohnort meines Vaters. War er bis jetzt in meiner Welt nicht gegenwärtig gewesen, war er mit einem

Mal unerreichbar geworden.

Ich versuchte, nicht mehr an ihn zu denken, aber es fiel mir schwer. Er entpuppte sich zu meinem Schatten, der mich ständig begleitete und mich erst im Schlaf losließ. Ich hatte Angst, dass mich jemand nach ihm fragte und ich keine Antwort geben könnte. Aber aufgrund der grausamen für Portugal typischen Diskretion fragte niemand jemals nach ihm. Hätten mich die Schulkameraden nach ihm gefragt und trotz meiner unbefriedigenden Antwort zu mir gehalten, wäre es mir wahrscheinlich besser gegangen. Aber so versuchte ich ständig von „gefährlichen" familiären Themen abzulenken. Obwohl ich bei meinen Mitschülern beliebt war, fühlte ich mich in ihrem Kreis nie ganz entspannt und begann in dieser Zeit eine innere Zurückhaltung und eine unbewusste Anpassung zu entwickeln, die mich vor peinlichen Fragen schützen sollten. Besonders die Zurückhaltung erlaubte es mir, mein Anderssein zu überspielen. Ich kam damit recht gut zurecht, bis zu dem Tag, an dem wir einen neuen Klassenlehrer bekamen.

Seit dieser verhängnisvollen Deutschstunde sind achtundfünfzig Jahre vergangen, aber ich habe sie noch immer so lebhaft in Erinnerung, als hätte sie sich erst gestern zugetragen.

Nach den langen Sommerferien war ich an diesem ersten Unterrichtstag mit gemischten Gefühlen zur Schule gegangen. Ich war in die zweite Gymnasialklasse versetzt worden, die ein neuer Klassenlehrer übernehmen sollte. Das nette Fräulein Töpfer war vor der Sommerpause nach Deutschland zurückgekehrt und hatte ihre Klasse Oberstudienrat Dr. Kieser übergeben.

Über der Freude, die lang vermissten Schulkameraden wiederzusehen und im Bestreben neben der besten Freundin oder dem Klassenprimus einen Platz zu ergattern, hatten wir Schüler nicht bemerkt, dass Dr. Kieser ins Klassenzimmer getreten war. Erst der laute Knall, mit dem seine Aktentasche auf das Lehrerpult niederging, ließ uns verstummen und verdutzt unsere Plätze einnehmen.

„Kieser ist mein Name, Dr. Kieser und ich unterrichte Deutsch und Geschichte."

Nach dieser knappen und für Portugal ganz und gar ungewöhnlich harschen Begrüßung war mir klar, dass mit dem neuen Klassenlehrer die bisherige Zeit der Muße endgültig vorbei war.

Ich war aber dennoch erstaunt, als er aus seiner Tasche einen Stapel Blätter herausnahm und diese unter uns zu verteilen begann.

Konnte es sein, fragte ich mich, dass er uns bereits am ersten Schultag das eingerostete Wissen in Form einer Klassenarbeit wiedergeben ließ?

Auch meine Kameraden waren über das Verhalten des eigenartigen Lehrers betroffen.

Dr. Kieser bemerkte unsere Verlegenheit: „Ich sehe euch an, dass ihr nicht in der Stimmung seid, gleich am ersten Schultag euer Wissen preis zu geben. Auf den Blättern, die ich verteilt habe, sollt ihr lediglich eure Personalien angeben. Rufname, Familienname, Wohnort der Eltern und wenn diese nicht zusammenleben, Wohnort von beiden Elternteilen, Beruf des Vaters, der Mutter und welche Sprache zu Hause gesprochen wird. Das ist eine neue Vorschrift der Schulleitung, und mir hilft sie, euch besser kennenzulernen. Wer hierzu Fragen hat, der melde sich."

Ich hatte Fragen, aber ich meldete mich nicht.

Warum verlangte die Schule plötzlich diese Auskünfte? Die meisten von uns waren schon etliche Jahre an ihr, und ich war sicher, dass Mutti meine Anmeldung korrekt ausgefüllt hatte.

Mutti machte immer alles richtig. Aber auf einmal sollte ich angeben, wie mein Vater hieß, was er machte, wo er wohnte. Dabei wusste ich nichts über ihn. Nur gerade, dass ich seinen Namen trug und dass er in Afrika lebte. Wie sollte ich wahrheitsgetreu die von Dr. Kieser verlangten Angaben machen?

Verstohlen blickte ich mich im Klassenzimmer um: Alle meine Mitschüler waren eifrig damit beschäftigt, ihre Personalien zu Papier zu bringen.

Ich gab mir einen Ruck und füllte das Formular aus: Familienname: Brito, Rufname: Lydia, Adresse: Rua António Patrício 18, Name der Mutter: Doris Brito… und dann wusste ich nicht mehr weiter. Verlegen kaute ich an meinem Füllfederhalter. Ich schämte mich, nichts über meinen Vater zu wissen. Plötzlich war er zu einem Phantom geworden, dem ich nicht habhaft werden konnte.

Gaby bemerkte meine Ratlosigkeit. Sie konnte sich denken, was mich bewegte. Unzählige Male war sie schon bei mir zuhause gewesen, ohne dass sie dort jemals einem männlichen Wesen begegnet wäre. Sie wusste also, dass ich keinen

Vater hatte, oder zumindest, dass er nicht bei uns lebte. Sie beugte sich zu mir herüber, fuhr mit dem Zeigefinger über das Formular und wies auf die Zeile mit der Angabe zum Wohnort des Vaters: „Weißt du, wo dein Vater ist? "

„Klar doch".

Ich gab mich selbstsicher, obwohl ich nicht einmal wusste, wo genau er in Luanda wohnte.

Bei „Zivilstand der Eltern" tat ich mich noch schwerer. Gaby war mit dem Ausfüllen ihres Bogens beschäftigt, sodass ich unbemerkt, in fast unleserlicher Schrift das Wort „geschieden" hinkritzelte. Verstohlen blickte ich mich im Klassenzimmer um. Ich kam mir wie eine Aussätzige vor.

Im konservativen Portugal der sechziger Jahre war die eheliche bürgerliche Familie nicht nur das Ideal der breiten Gesellschaft, sondern auch die Lebensform der sozialen Elite. Und die Privatschule, auf die ich ging, war eine elitäre Bildungsanstalt. Die meisten Schüler kamen aus begüterten Familien, die der Oberschicht angehörten. In diesen traditionsreichen Familien ließen die Eltern sich nicht scheiden. Scheidung war eine Schmach, ein Stigma, das mir anhaftete, für das ich aber nichts konnte.

Als ich an jenem Tag von der Schule nach Hause kam, war Mama schon da. Meinetwegen bestand sie darauf, zu Mittag nach Hause zu kommen, obwohl das einen weiten Weg vom Zentrum der Stadt bis zu uns nach Hause bedeutete. Aber sie versicherte mir, dass sie ihn für die gemeinsamen Stunden mit mir gerne in Kauf nahm.

Während des Essens brachte ich keinen Bissen hinunter.

„Was hast du denn", fragte Müttchen besorgt.

Ich kam immer mit großem Appetit nach Hause, weshalb sie stutzte, als ich an diesem Tag keinen Hunger hatte.

„Bist du krank?"

„Nein, aber ich habe keinen Hunger."

Bevor Mutti zurück ins Büro ging, legte sie mir eine Hand auf die Stirn. „Fühlst du dich unwohl, du hast gar nichts gegessen."

Ich schüttelte den Kopf.

Mutti sah mich aus ängstlichen Augen an, während sie sich die Jacke anzog. Aber sie musste wieder zur Arbeit. Gerade an jenem Nachmittag standen unzählige Briefe an, die vom Stenogramm in die Schreibmaschine übertragen werden mussten.

Als die Tür hinter ihr ins Schloss fiel, machte ich mir Vorwürfe, dass ich nicht wenigstens etwas gegessen hatte. Ich hatte ihr das Mittagessen verdorben, und jetzt machte sie sich um mich auch noch große Sorgen.

Stärker als das schlechte Gewissen Mutti gegenüber, war jedoch der Ärger, den das in meinen Augen unsinnige und überflüssige Formular verursacht hatte. Aber war das Formular tatsächlich der Grund für meine Verstimmung oder vielmehr die Tatsache, dass meine Eltern geschieden waren und dass in meiner Familie der Vater totgeschwiegen wurde?

Am Abend, als Mutti nach Hause kam, fragte sie mich als erstes, was am Mittag mit mir losgewesen sei und ob es mir besser ginge.

Ich hätte die Gelegenheit nutzen und sie auf die eigenartigen Familienverhältnisse ansprechen sollen, aber ich brachte es nicht fertig. War es Feigheit, Furcht vor der Wahrheit oder Angst, sie zu enttäuschen?

Heutzutage ist die Jugend nicht so nachsichtig, wie wir es damals waren. In den späten fünfziger und frühen sechziger Jahren wurde das Handeln der Eltern kaum in Frage gestellt und ganz besonders nicht von mir, die von meiner Mutter und den Großeltern unter einer Glashaube großgezogen wurde, durch die ich die Realität nur schemenhaft wahrnahm. Aus diesem Grunde habe ich auch nur diese Erklärung für mein damaliges Verhalten, obwohl in meinem Hinterkopf eine Stimme mir leise zuflüstert, dass ich bereits zu dieser Zeit ein Anrecht darauf gehabt hätte, alles über meinen Vater zu erfahren.

Mutti fragte erneut, was mir fehle. Sie bestand auf eine Erklärung, und so erzählte ich von dem Formular, das ich hatte ausfüllen müssen.

„Unter Adresse des Vaters habe ich nur Luanda in Afrika angegeben und bei seinem Beruf Kaufmann, aber ich weiß nicht, ob ich das Formular korrekt ausgefüllt habe."

„Du hast alles richtig gemacht, und um das Formular brauchst du dir keine Sorgen zu machen."

Für meine Mutter war die Angelegenheit erledigt, mich ließ sie jedoch im Regen stehen.

5. KAPITEL – DER PATENONKEL

Als ich an einem Samstag aus der Schule kam, teilte mir Mutti aus heiterem Himmel mit: "Am Sonntag hat uns Belim zum Abendessen eingeladen."

"Muss das sein?", fragte ich.

"Ja es muss", erwiderte Mutti in einem Ton, der keine Widerrede zuließ.

Belim war mein Patenonkel. Als Kleinkind fiel es mir schwer, das Wort Padrinho, zu Deutsch Patenonkel, richtig auszusprechen. „Padim" hatte ich ihn als kleines Kind genannt, und aus Padim war mit der Zeit Belim geworden.

Soweit ich mich erinnern kann, war Belim seit jeher ein fester Bestandteil meines Lebens. Mit sechs und später sieben Jahren hatte ich ihm jeden Sonntagmorgen meine Künste im Rollschuhfahren vorführen müssen. Im Jardim do Campo Grande, einem kleinen Stadtpark nicht unweit von der Rua António Patrício, gab es eine Rollschuhbahn, auf der ich jeden Sonntagvormittag diese Sportart übte. Wie aus dem Nichts stand Belim plötzlich unter den wenigen Zuschauern und beobachtete mich mit ernster

Miene. Unter seinem strengen Blick gelangen mir die Kreise und die kleinen Sprünge nicht mehr, ich fiel oft hin und bewegte mich auf der Bahn wie eine blutige Anfängerin. Verstohlen beobachtete ich, wie Belim sich zu Mutti gesellte, sich eine Weile lang mit ihr unterhielt, um wenig später wieder so mysteriös zu verschwinden, wie er gekommen war.

Er war ein sehr förmlicher und autoritärer Herr, vor dem ich mich immer ein kleines bisschen fürchtete. Später ging meine Furcht in Respekt über.

Der Patenonkel rief mehrmals am Tag bei uns an und oft zu Tageszeiten, an denen er wusste, dass Mutti nicht zuhause war. Meistens war ich dann am Apparat und meldete mich mit dem in Portugal üblichen *está lá*, hallo, auf das er mit *estou*, ebenfalls hallo antwortete. Ich antwortete erneut mit está lá, in der Hoffnung, Belim würde meine Stimme erkennen und mit mir ein paar Worte wechseln. Er aber blieb hartnäckig und rief erneut estou in die Muschel. Dieser unsinnige Wortwechsel ging noch einige Male so weiter, bis es dem Patenonkel zu bunt wurde und er energisch nach meiner Mutter verlangte. Mir gingen die ständigen und in meinen Augen verschwenderische Anrufe auf die Nerven. Und als er wieder einmal an einem späten Nachmittag anrief, sagte ich ihm er solle das Geld sparen und erst am Abend anrufen. Eingeschnappt und wie mir schien etwas traurig beendete der Patenonkel das Gespräch. Im Nachhinein tat er mir leid, aber damals wusste ich nicht, was ich heute weiß.

Am Sonntagabend sollten wir nun mit ihm essen gehen. Mit gemischten Gefühlen sah ich dem Treffen entgegen.

Lissabon ist eine windige Stadt. Auch an jenem Abend fegte ein harscher Wind über die Straßen und ließ achtlos weggeworfene Papierfetzen in kleinen Wirbeln wütende Tänze auf dem Asphalt vollführen.

Muttis am Vortag vom Friseur perfekt gestylten Haare sollten nicht zerzaust werden, weshalb wir ein Taxi nahmen.

Müttchen sah in ihrem grauen Kostüm und der weinroten Bluse wieder umwerfend aus, und ich war unermesslich stolz auf sie. „Kannst du den Patenonkel nicht wenigstens ein kleines Bisschen leiden?", fragte sie mich, als wir im Auto saßen.

„Ich habe nichts gegen Belim, aber ich werde mit ihm nicht warm. Ich bin jetzt dreizehn Jahre alt und kann die Male, die wir mehr als ein paar Worte miteinander gewechselt haben, an den Fingern einer Hand abzählen. Wahrscheinlich liegt es daran, dass zwischen uns noch nie ein richtiges Gespräch stattgefunden hat."

„Wie meinst du das"?

„Nun ja, während der wenigen Male, die wir längere Zeit zusammen sind, will er immer nur wissen, wie es in der Schule geht und wie es um meine Noten steht."

Mutti nahm meine Erklärung schweigend zur Kenntnis.

„Ist Belim verheiratet?", fragte ich sie nach einer Weile.

„Natürlich" antwortete Mutti etwas verlegen, wie mir schien. „Warum fragst du?"

„Nun, hat er keine Familie?"

Mutti ließ sich mit ihrer Antwort Zeit, aber im Halbdunkel der Fahrerkabine erkannte ich dennoch, dass es ihr zunehmend schwerfiel, meinem fragenden Blick standzuhalten.

„Er hat eine Frau und einen Sohn, der zwei Buben und zwei Mädchen hat", beantwortete sie schließlich meine Frage.

„Kommt seine Frau heute auch?"

„Nein", erwiderte Mutti, „sie ist verreist."

Der Umstand, dass der Patenonkel die Abwesenheit seiner Frau nutzte, um mit uns ins Restaurant zu gehen, hätte mir zu denken geben müssen. Aber ich war viel zu naiv, um daran auch nur einen Gedanken zu verschwenden.

Belim hatte uns in das Restaurant des Automobilklubs eingeladen. Wir hatten die Eingangshalle des Vereins noch nicht ganz betreten, als ich auch schon meinen Patenonkel sichtete, der ehrwürdig auf uns zuschritt. Er trug einen gutsitzenden Anzug aus grau gestreiftem englischem Tuch, ein blütenweißes Hemd und eine dezent gestreifte Krawatte. Sein volles, grau meliertes Haar war sorgfältig nach hinten gekämmt, wodurch sein markantes Gesicht voll zur Geltung kam. Trotz seiner eher kleinen Statur wirkte er ungeheuer distinguiert, und mir kam es vor, als beherrsche er mit seiner Persönlichkeit den ganzen Raum.

Er empfing meine Mutter mit einem flüchtigen Kuss auf die Wange, und tätschelte mir wie einem Kleinkind den Kopf. Ich kam mir mit meinen dreizehn Jahren schon sehr erwachsen vor und ärgerte mich über die kindische Begrüssung. Aber artig, wie ich war, folgte ich den Erwachsenen schweigend in den gediegenen Speisesaal.

Ein Kellner wies dem Herrn Doktor einen runden Tisch zu, nicht ohne ihn vorher gefragt zu haben, ob die Wahl zu seiner Zufriedenheit ausgefallen sei. Als er ihn den Wein probieren ließ, fragte er den Patenonkel. "Ist alles zu Ihrer Zufriedenheit Herr Doktor? Hat Herr Doktor noch einen Wunsch?"

Offensichtlich war der Patenonkel nicht zum ersten Mal im Automobilklub und hier ein bekannter und gern gesehener Gast.

Belim eröffnete das Gespräch mit der unvermeidlichen Frage nach meinen schulischen Leistungen, und nachdem ich diese zu seiner Zufriedenheit beantwortet hatte, wandte er sich nun ganz meiner Mutter zu. Ich wurde in die Unterhaltung nicht mehr einbezogen. Aber mir war es recht so. Ich konnte ungestört das Treiben um mich herum beobachten. An den meisten Tischen saßen Ehepaare mit halbwüchsigen

Kindern, die wegen ihrer lauten Stimmen oftmals ermahnt wurden.

Die Gegenwart des Patenonkels hätte mich einschüchtern müssen. Eigenartigerweise tat sie es nicht. Ich war entspannt. In meiner Fantasie saß ich mit Vater und Mutter an einem Tisch und fühlte mich im Restaurant des Automobilklubs zum ersten Mal den Anwesenden im Raum ebenbürtig.

Im Sommer desselben Jahres besuchte ich während der Schulferien zum ersten Mal ein Internat in der französischen Schweiz. Ich sollte mein Französisch verbessern. Mutti war der Auffassung, ein Sprachaufenthalt runde meine Ausbildung ab. Als junges Mädchen war sie ebenfalls in einem Institut gewesen. Das gehörte zur Familientradition, die sie aufrechterhalten wollte.

In Pré Fleuri kam ich mit jungen Mädchen aus der ganzen Welt zusammen. Ich teilte das Zimmer mit zwei Amerikanerinnen aus Los Angeles und Boston. Obwohl ich nur wenig Englisch sprach und sie kein Deutsch, geschweige denn Portugiesisch konnten, hörte ich aus ihren Erzählungen heraus, dass auch ihre Eltern geschieden waren, dass sie beide bei ihrer Mutter lebten, dass sie aber jedes zweite Wochenende bei dem Vater verbrachten.

Und dann begann auch ich von meinem Vater zu erzählen. In Pré Fleuri, wo keiner über meine Familienverhältnisse Bescheid wusste, konnte ich flunkern so viel ich wollte. Und so verpasste ich meinem Vater ein Gesicht, gab ihm eine schlanke und großgewachsene Statur und ordnete ihm einen Beruf zu. Meine Eltern waren auch nicht mehr zusammen. Ich lebte ebenfalls bei meiner Mutter, aber jedes dritte Wochenende verbrachte ich bei meinem Vater. Papa sah gut aus, war immer fröhlich und lachte viel, obwohl er sehr viel arbeitete. Darum hatte er auch keine Zeit, jedes Wochenende mit mir zu verbringen. Er war Maschinenbau-Ingenieur und musste beruflich bedingt sehr viel reisen. Aber von jeder Reise brachte er mir Geschenke mit. Aus China einen kleinen Elefanten aus Emaille, aus Spanien eine Flamencotänzerin und aus Russland Matrjoschkas. Meine Zimmergenossinnen starrten mich mit einem verständnislosen Blick an. Stolz erklärte ich ihnen, anhand von Gesten und einiger Brocken Englisch, dass Matrjoschkas bunt bemalte ineinander geschachtelte Puppen aus Holz waren. Sie bewunderten mich wegen meines *coolen* Daddys, der so ganz anders war als der in sich gekehrte Professor in Boston und der nervöse Drehbuchautor in Los Angeles. Mit einem Mal bekam ich es jedoch mit der Angst zu tun. Wie hatte ich mich hinreißen lassen, aus einem Geist ein menschliches Wesen mit außerordentlichen Charakterzügen zu erschaffen, dem die Väter meiner Freundinnen nicht das Wasser reichen konnten? Ich bekam ein schlechtes Gewissen, aber das euphorische Gefühl, mich für einmal von den anderen nicht zu unterscheiden, machte es bald mundtot.

6. KAPITEL – SCHWIERIGE UMSTÄNDE

Die Euphorie, die ich im Internat empfunden hatte, hielt nicht lange an, trotz des Kleides, das die Großmama für mich geschneidert und die Pumps mit kleinem Absatz, die sie mir nach meiner Rückkehr aus Pré Fleuri in Lugano gekauft hatte. Mutti war Mitte August nach Lissabon zurückgeflogen und hatte mich – mangels einer passenden Bleibe – bis zum Schulanfang bei den Großeltern im Tessin zurückgelassen.

Zum ersten Mal reiste ich allein mit dem Flugzeug. Die Großmama brachte mich nach Zürich, wo ich den Flieger nach Lissabon bestieg. Am Flughafen meiner Heimatstadt wurde ich von Mutti, einigen Schulkameraden und Gaby begrüßt. Das Empfangskomitee freute mich sehr und verdrängte meine Ängste. Meine familiären Verhältnisse hatten sich offensichtlich nicht negativ auf meine Beliebtheit ausgewirkt!

Gaby kam nach meiner Ankunft noch zu uns nachhause und bewunderte die Sachen, die ich aus der Schweiz mitgebracht hatte. Ganz besonders freute sie sich über die Federtasche mit Zirkel, Bleistiften und Winkelmesser, die ich für sie in Lugano erstanden hatte.

Während wir auf dem Bett in meinem Zimmer saßen und den Koffer durchwühlten, erzählte sie mir von der ersten Tanzparty, auf der sie im Sommer gewesen war und vom Konzert, das «the Animals» in Lissabon gegeben hatten.

„Das Theater Monumental ist fast eingestürzt, derart haben wir getobt, auf unseren Plätzen gestampft und zum Rhythmus der Musik in die Hände geklatscht. Die Stimmung war phänomenal."

Ich ärgerte mich, dass ich die Sommerferien in der Schweiz verbracht hatte, obwohl ich gern in Pré Fleuri gewesen war. Aber ich konnte mich des Gefühls nicht erwehren, dass Portugal sich ganz sachte von mir zu entfremden begann. Der Sommer hatte nicht nur Gaby, sondern auch die Nachbarskinder von der Rua António Patrício verändert: Sie hatten sich an der Costa da Caparica und in Estoril eigene Cliquen aufgebaut, von denen ich zwangsläufig ausgeschlossen worden war.

Zum ersten Mal ärgerte ich mich über meine Mutter. Mir zuliebe hätte sie die Sommerferien wenigstens einmal in meinem Portugal verbringen können, statt jedes Jahr mit mir zu den Großeltern zu fahren.

„Müssen wir jedes Jahr zu den Großeltern fahren?", fragte ich sie eines Abends im Herbst.

„Sie freuen sich immer so auf uns, und besonders auf dich", antwortete sie.

„Ich würde den Sommer aber lieber hier verbringen, am Strand. Dort würde ich neue Freundschaften schließen."

„Aber du hast doch schon so viele Freunde in der Schule."

„Das sind Kollegen, das ist nicht dasselbe."

„Und was ist mit Gaby?"

„Die ist und bleibt natürlich meine Freundin, aber seit dem Sommer verkehrt sie innerhalb einer Clique junger Leute, deren Eltern alle miteinander befreundet sind. Neulich habe ich bei Gaby einige von ihnen kennengelernt, aber sie haben von mir so gut wie keine Notiz genommen."

Mutti legte behutsam den Arm um meine Schulter. „Das wird schon noch werden, du bist erst dreizehn und noch zu jung, um rumzuhängen."

Sie hatte nichts verstanden. Vielleicht wollte

sie auch nicht verstehen, aber bevor ich ihr erklären konnte, was mich bedrückte, begann sie zu erzählen:

„Wie du weißt, bin ich halbarisch, halbjüdisch, kümmerte mich aber nie um diese Besonderheit meiner Abstammung, auf die ich erst als ich zwölf Jahre war, aufmerksam gemacht wurde. Ich kam nämlich eines Tages aus der Schule und fragte meinen Vater. Sag' mal Vati, woher kommt es, dass fast alle Anwälte und Ärzte Juden sind? Mein Vater, seines Zeichens Vorsitzender Richter am Landgericht Berlin, lachte und sagte. «Dein Vater ist auch einer.» Ich war über diese Eröffnung erstaunt, aber sie beeindruckte mich nicht. Man schrieb damals das Jahr 1931. Die Feuerzeichen standen bereits am Himmel, und Gesprächsfetzen meiner Eltern ließen erkennen, dass die politische Lage sich zuzuspitzen schien. Da sie das aber meistens tat, hörte ich kaum hin.

1933 kam Hitler an die Macht. Auch ich war von der allgemeinen Begeisterung ergriffen worden, obgleich mir die sorgenvollen Gesichter der Eltern nicht entgehen konnten. Meine Mutter, deine Großmutter, eine weitsichtige Frau, erwartete die Machtergreifung mit gepackten Koffern. «Er wird unsere Pässe abstempeln, wir werden nicht mehr rauskommen, wenn die Grenzen erst einmal geschlossen werden. Lasst uns gehen, bevor es zu spät ist und der wilde *run* ins Ausland einsetzt.»

Wir gingen damals nicht, weil in solchen Fällen das Geld meistens nicht flüssig ist, zumindest war es das bei uns nie. Ein Familienrat musste einberufen werden zwecks Vermögensteilung, gegen die sich deine Urgroßeltern sträubten und das benötigte Geld nicht herausrückten. (Später zogen sie vor, es den Nazis zu übergeben). Die Beratungen zogen sich in die Länge, und mittlerweile schienen sich auch keine unmittelbaren Gefahren anzukündigen. Die Bewegung hatte erst einmal mit Fackelzügen und Märschen zu tun. In der Schule wurde für den BDM, Bund deutscher Mädel und den VDA, Volksbund für das Deutschtum im Ausland geworben. Dem VDA gehörte ich schon lange an. Wir mussten einen Beitrag zahlen und durften bei den Anlässen mit weißen Blusen und blauen Schlipsen mit Lederknoten herumlaufen. Zu keiner Zeit habe ich je den Wunsch geäußert, in den BDM einzutreten. Ich wollte nur auch zu etwas gehören, was Schlipse trug, aber die blauen genügten mir, zumal der über alles verehrte Klassenlehrer im Vorstand vom VDA war.

Eines Tages, wir hatten gerade unsere Deutsch-Aufsätze zurückbekommen, rief mich der Klassenlehrer nach der Stunde zu sich und bat mich, aus dem VDA auszuscheiden. «Der Verein darf keine halbarischen Mitglieder mehr haben. Bring mir bitte morgen dein Abzeichen mit.»

Ich starrte meinen Lehrer an, als ob er verrückt geworden sei. Dann nahm ich das Aufsatzheft, das ich immer noch in der Hand hielt, und schleuderte es ihm vor die Füße. Die Tränen hielt ich mühsam zurück, stürzte in die Klasse, holte meine Mappe und rannte zum Bahnhof Charlottenburg, um mit dem Zug nach Wannsee zu fahren, wo wir wohnten. Ich sehe mich noch heute auf dem Bahnhof stehen. Die Luft flimmerte vor Hitze auf den Gleisen. Ich starrte wie gebannt auf die Schienen. Das war mein erster großer Schmerz. Es tat so weh, wie wenn mir jemand das Herz aus dem Leib gerissen hätte."

Arme Mutti dachte ich, als sie eine Pause einlegte, um sich zu sammeln und ihre brüchige Stimme wieder unter Kontrolle zu bringen. Demnach war auch sie eine Aussenseiterin gewesen, genauso wie ich, und ich wunderte mich, warum sie auf meine Gefühle so wenig einging, wo sie doch nachempfinden konnte, wie es in mir aussah. Verstand sie mich nicht, oder wollte sie nicht?

„Inzwischen war mein Vater beurlaubt worden", fuhr sie fort. „Was mein Vater und meine Mutter gelitten haben mochten, als man meinem Vater erklärte, dass er infolge seiner rassischen Abstammung sein Richteramt nicht mehr ausüben durfte, konnte ich erst in diesem Augenblick, wo es mich selbst traf, nachvollziehen. Bis dahin waren die Ereignisse an mir vorbeigerauscht. Ich hörte wohl die Kreisläufe meines Vaters, der sich vor Angst gepeinigt immer wieder dieselben Fragen vorlegte: der Zigarrenmann um die Ecke, dem er vielleicht zu viel von seinen politischen Überzeugungen verraten hatte, und der ihn jetzt womöglich denunzieren könnte, die Morgenpost, für die er einmal einen Artikel geschrieben hatte, der ihm zu seinem Nachteil ausgelegt werden könnte, der Schneider, der zufällig seine Unterhaltung mit Mutti überhört haben könnte. All diese Fragen quälten ihn bis zur Bewusstlosigkeit, und mir waren sie sogar manchmal lästig, weil ich die nackte Qual, die darin lag, nicht nachempfinden konnte. Viel später erst habe ich manches verstanden, und deshalb hoffe ich, dass auch du verstehst, warum mir so viel daran liegt, dass wir Großmama und Großpapa einmal im Jahr besuchen."

„Aber Mutti, das liegt doch jetzt schon Jahre zurück, kannst du nicht einmal eine Ausnahme machen und den Sommer mit mir in Portugal verbringen?"

Mutti blickte mich lange schweigend an, und in ihrem Blick konnte ich eine Mischung aus Vorwurf, Trauer und Melancholie ausmachen.

„Während des Krieges und auch noch eine ganze Zeit danach, habe ich Großmamächen und Großpapächen sieben Jahre lang nicht gesehen und während eines ganzen Jahres keine Nachrichten von ihnen erhalten. Mit 19 haben die Eltern mich nach Portugal geschickt. Ich kann mich noch an unseren Abschied am Anhalterbahnhof in Berlin erinnern. Er war herzzerreißend. Als der Zug sich in Bewegung setzte, lehnte ich mich weit aus dem Abteilfenster hinaus und winkte den beiden zusammengesunkenen Gestalten am Quai so lange zu, bis sie aus meinem Blick verschwanden. Hätte ich geahnt, dass ich sie während sieben Jahren nicht sehen würde, ich hätte alles darangesetzt, um zu bleiben "

Mutti konnte nur mit Mühe die Tränen zurückhalten.

„Warum haben sie dich nach Portugal geschickt?"

„Wie ich dir bereits gesagt habe, ist Großpapa Jude, und obwohl man nur durch die Mutter selbst zum Juden wird, war ich nach den Nürnberger Gesetzen dennoch ein Mischling erster Klasse. Im damaligen Deutschland hätte ich weder einen Arier noch einen Juden heiraten können. Beides wäre für uns sehr gefährlich geworden. Deshalb haben die Eltern mich nach Portugal geschickt, eines der letzten neutralen Länder, deren Grenzen noch offen waren.

„Du bist also ganz allein nach Portugal gefahren? Wie hast du dich während der ersten Zeit durchgeschlagen?"

„Die Eltern hatten mir einen Fotoapparat der Marke Leica gekauft, den ich hier in Lissabon teuer verkauft habe. Zusätzlich hatte mir Großmama ihren Schmuck in den Saum meines Mantels genäht. Das hat mir am Anfang geholfen, über die Runden zu kommen."

„Hast du nie das Verlangen verspürt, nach Deutschland zurückzukehren?"

„Schon oft, aber ich weiß nicht in welches Zurück. Für mich gibt es kein Zurück mehr, geografisch existiert wohl noch ein Deutschland, wenn auch ein aufgeteiltes, aber das, wonach ich Sehnsucht habe, gibt es nicht mehr. Deshalb bin ich wohl in Portugal geblieben."

„Wann hast Du denn meinen Vater kennen gelernt?" Ich bewegte mich auf dünnem Eis, aber ich wollte unbedingt mehr über ihn erfahren.

Muttis Wangen wurden von einer intensiven Röte überzogen. Sie zögerte, antwortete dann aber mit fester Stimme: „Erst nachdem ich schon einige Jahre in Portugal gelebt hatte. Als alleinstehende junge Deutsche, deren Eltern in Berlin lebten, hatte ich es schwer einen Mann zu finden, der meinem gesellschaftlichen Stand entsprach. Mir fehlte das Elternhaus, der Rahmen…"

„Hör auf", fiel ich ihr ins Wort und sah sie ungläubig an. Ich konnte nicht glauben, was sie zuletzt gesagt hatte, und plötzlich war es mir egal, was sie über meinen Vater erzählte und wie und wann sie ihn kennengelernt hatte. In meinem Kopf hallten ihre letzten Worte nach. Ihr hatten das Elternhaus und der gebührende Rahmen gefehlt, um sich in ihresgleichen Kreisen zu bewegen. Und was war mit mir? Wo war im konservativen Lissabon Anfang der sechziger Jahre mein Elternhaus, mein Rahmen? Bei einer alleinerziehenden Mutter, die meinen Vater totschwieg und in einem Haus, vor dem der Abfall von streunenden Katzen und Hunden verstreut wurde und es im Treppenhaus nach Urin stank?

Sogleich schämte ich mich meiner Gedanken: Arme Mutti. Mit 19 Jahren unter so schwierigen Umständen in ein fremdes Land gehen zu müssen, war für sie nicht einfach gewesen. Mein Unmut verflog und sie tat mir nur noch leid.

Und im nächsten Sommer würde es wieder zu den Großeltern in die Schweiz gehen. Ich wagte nicht, noch einmal das Thema Ferien am Meer anzuschneiden, obwohl Portugal sich mit jedem Sommer in der Schweiz mehr und mehr von mir entfernte.

Muttis eindrückliche Schilderung steckte mir noch in den Knochen, als es am Samstagnachmittag an der Haustür läutete. Es war Silvinha Oliveira, die im Erdgeschoss wohnte. Als sie ins Esszimmer trat, umarmte ich sie stürmisch und beneidete sie insgeheim um ihren noch immer gebräunten Teint von der Costa da Caparica. Es kam nicht oft vor, dass sie mit mir, Nuno und ihrem Bruder Diogo spielte. Schließlich war sie mit ihren sechszehn Jahren die älteste von uns vier, sehr gemessen und fast schon ein bisschen erwachsen.

Ich führte sie in mein Zimmer und freute mich auf den Nachmittag mit ihr. Endlich würden wir zu zweit Dame, Mühle oder Karten spielen. Und dann, würde Silvinha noch etwas für mich zeichnen, und ich würde ihr dabei zuschauen können. Sie war eine begnadete Künstlerin, deren Bleistift auf dem Papier graziöse Wesen erschuf, die auf eleganten Pferden saßen und in zauberhafte Märchenwälder ritten.

Verlegen nahm sie auf dem Stuhl vor dem Schreibtisch Platz, während ich mich auf die Truhe mit den Gesellschaftsspielen setzte.

Ich sah ihr an, dass sie nicht zum Spielen heraufgekommen war und dass sie mir etwas sagen wollte, aber nicht so recht wusste, wie sie beginnen sollte.

„Willst du nicht spielen? Oder sollen wir lieber eine Schallplatte auflegen?", kam ich ihr zu Hilfe und holte den futuristischen, tragbaren Plattenspieler aus dem Schrank.

„Lass nur", erwiderte sie. „Ich bin nicht zum Spielen gekommen, sondern, um mich von dir zu verabschieden."

„Verreist ihr für längere Zeit?"

„Nein, wir ziehen aus."

„Wie, ihr zieht aus?", fragte ich verdattert.

„Ja, wir ziehen nach Estrela. Meine Eltern sind der Ansicht"…

„Aber ihr wohnt doch schon so lange hier. Wieso wollt ihr denn plötzlich weg?", unterbrach ich sie, wobei ein Schluchzer meiner Brust entfuhr.

Silvinha nahm neben mir auf der Truhe Platz und legte einen Arm um mich. „Du kannst uns doch besuchen. Estrela ist nicht so weit von hier entfernt."

Ich wusste, wo Estrela lag. Estrela war ein stilvolles und elegantes Viertel, in dem alteingesessene Familien wohnten. Mutti hielt nicht viel von dieser Gegend. Mit ihren alten Häusern, von denen die Farbe abblätterte und die Kacheln abfielen, sei sie verfallen und düster. Noch heute kann ich ihre Ansicht nicht teilen. Der kleine Stadtpark mit seiner üppigen Pflanzenwelt und den gepflegten Spazierwegen ist zauberhaft und bietet an heißen Tagen eine willkommene Abkühlung. Gegenüber thront auf einem Hügel die weiße, im spätbarocken und neoklassischen Stil erbaute Basilika und macht das antike Viertel zu einem der charakteristischsten Bezirke Lissabons.

Dicke Tränen liefen mir über das Gesicht, und ich klammerte mich verzweifelt an Silvinha, die endlich zu einer Erklärung anhob: „Meine Eltern sind der Ansicht, dass die Rua António Patrício keine Adresse mehr für uns ist. Mein Freund Henrique hat mit mir Schluss gemacht, und Mutter glaubt, dass es etwas mit unserem Haus zu tun hat. Besonders der Eingang mit dem herumliegenden Müll und das schäbige und übelriechende Treppenhaus haben ihn zu einer

Bemerkung veranlasst, die ihr nicht gepasst hat. Sie wollte mir nicht erzählen, was er gesagt hat, aber kurz darauf hat sie sich auf Wohnungssuche begeben. Wir ziehen in ein gepflegtes Mehrfamilienhaus, das einen schönen Aufgang und einen Lift hat. Ich freue mich riesig und zähle die Tage, bis wir nach Estrela umziehen können. Ich weiß nicht, ob es dir auch so geht, aber ich habe mich immer geschämt, jemanden zu uns nach Hause einzuladen."

Ich weinte jetzt hemmungslos. Silvinha hatte in aller Deutlichkeit das ausgesprochen, was auch mich bedrückte, nur dass ich im Gegensatz zu ihr nichts gegen die Rua António Patrício unternehmen konnte. Das Einzige was ich machen konnte, war mich weiterhin für unser Haus zu schämen.

Silvinha blieb nicht lange. Nur so lange als der Anstand und ihr angeborenes Taktgefühl es zuließen.

„Was ist passiert?", fragte Mutti, als sie mich mit verheultem Gesicht ins Esszimmer kommen sah. „Warum ist Silvinha nur so kurz geblieben? Habt ihr euch gestritten?"

„Nein, Oliveiras ziehen fort, nach Estrela. Sie

sind der Meinung, dass jetzt, da Silvinha schon beinahe erwachsen ist, die Rua António Patrício keine Adresse mehr für sie ist. Ihr Freund hat Schluss mit ihr gemacht. Unser Haus hat ihm nicht gepasst, und Silvinha ist froh, dass sie ausziehen kann. Sie hat sich nämlich für unser Haus entsetzlich geschämt".

Mutti sah mich lange an: „Und schämst du dich auch für unser Haus? "

Obwohl ihr Ton sanft war, lag darin doch so etwas wie ein versteckter Vorwurf, weshalb ich nur zögerlich antwortete: „Nun, das Treppenhaus und umgeworfenen Mülleimer vor der Haustür stören auch mich."

Ich hatte nicht den Mut, ihr zu sagen, dass auch ich mich für unser Haus schämte, dass ich mich aber noch viel mehr dafür schämte, dass ich nichts über meinen Vater wusste und dass unser schäbiges Haus alles noch viel schlimmer machte.

7. KAPITEL – DIE HOCHHÄUSER

Auf dem Feld gegenüber der Rua António Patrício, auf dem Kohl und Kartoffeln wuchsen, tauchten eines Tages große Bagger auf. Unermüdlich huben sie während acht Stunden am Tag eine riesige Grube aus. In unserem Haus brodelte die Gerüchteküche, und noch bevor jemand erkennen konnte, was es mit den Arbeiten auf sich hatte, wussten die Nachbarn bereits Bescheid über das Bauprojekt: Drei zwölfstöckige Hochhäuser mit modernen Mietwohnungen sollten auf dem ehemaligem Gemüsefeld entstehen. Bauherr war ein Herr Figueira, der wegen seiner roten Backen das Rotgesicht genannt wurde. Ich wunderte mich, woher die Nachbarn diese Informationen erhalten hatten, wo doch die Mutti völlig unwissend schien. Deshalb glaubte ich ihnen kein Wort. Doch schon einige Wochen später, sah ich vom Fenster meines Zimmers aus, wie ein Mann mit geröteten Wangen den Bauarbeitern Anweisungen erteilte.

Die Häuser wuchsen schnell in die Höhe. Aufmerksam beobachtete ich ihren Fortschritt. Die parallel zueinander ausgerichteten langen

Wohngebäude thronten auf kegelförmigen schwarzen Säulen, die die Großzügigkeit und spätere Eleganz der Anlage bereits im frühen Baustadium erahnen ließen.

Als die Wohnblöcke fast fertiggestellt waren, gelang es mir eines Nachmittags in einen Rohbau zu gelangen. Die Türen der Wohnungen im ersten Stock standen noch offen, obwohl Küchen und Badezimmer bereits vollendet waren.

Die Aufteilung der Räume erschien mir perfekt. Das Wohn- und Esszimmer waren durch eine Rundbogenschalung voneinander getrennt, was ich besonders reizvoll fand. Im Geist hatte ich die beiden Räume mit unseren Möbeln bereits eingerichtet, die dort voll zur Geltung kamen. Sogar für die ernsten Urgroßeltern hatte ich einen Platz vorgesehen. Über dem Sofa, das Mama kürzlich gekauft hatte, würden sie den Rahmen erhalten, der ihnen gebührte. Und in solch einem Zuhause wäre auch meine Vaterlosigkeit leichter zu ertragen!

Nach fünf Wochen sah ich von meinem Fenster aus, wie Betten, Tische, Stühle und Kommoden von keuchenden Männern in die Häuser getragen wurden. Und dann hingen mit einem Mal

Gardinen an den Fenstern, und Kinder tollten auf dem Vorplatz herum. Die ersten Bewohner waren eingezogen.

Einige Tage später hörte ich auf dem Treppenabsatz, wie Nunos Mutter, Dona Anabela der Nachbarin vom ersten Stock erzählte, dass es in den neuen Hochhäusern, noch freie Wohnungen zu mieten gäbe.

Ich war ganz aufgeregt und erzählte Mutti noch am gleichen Abend, was ich erfahren hatte. Während Tagen schwärmte ich Mutti von den Hochhäusern vor und wie wohl ich mich in dieser ansehnlichen Behausung fühlen würde. Wie es ihre Gewohnheit war, ging sie nicht auf meine Erzählung ein, ließ sich aber aufgrund meiner penetranten Hartnäckigkeit schließlich breitklopfen, eine der noch freien Wohnungen mit mir zu besichtigen.

Jetzt, da sie ganz fertig waren, erschienen sie mir wunderschön. Sie hatten zwar ein Zimmer weniger als unsere, aber wofür brauchte ich noch ein eigenes Spielzimmer? Ich war 15 Jahre alt, also aus dem Spielalter herausgewachsen. Dafür war der Aufgang gepflegt, und das Haus verfügte über einen Lift. Zwischen den Hochhäusern war ein gepflasterter Platz angelegt worden, der mit seinen jungen Baumsetzlingen zu einem späteren Verweilen einlud.

Nach der Besichtigung war ich freudig erregt und hoffte, dass die Wohnung Mutti ebenso gut gefallen hätte wie mir. Sie hielt sich jedoch bedeckt. Nach einer Woche hielt ich es vor Ungeduld nicht länger aus und fragte sie, ob sie bezüglich der neuen Wohnung schon etwas unternommen hätte.

„Die Miete beträgt das Doppelte von unserer jetzigen. Das können wir uns nicht leisten."

Sie sagte dies so bestimmt, ja fast schon gebieterisch, dass jeglicher Versuch, sie umzustimmen im Keim erstickt wurde, obwohl sich in meinem Kopf die Gedanken überschlugen: Ich verstand nicht, warum wir uns die teurere Wohnung nicht leisten konnten. Wir zahlten *lächerliche* 600 Escudos, weshalb ich in meinem jugendlichen Leichtsinn nicht verstand, warum wir uns die neue Wohnung, auch wenn doppelt so teuer, nicht leisten konnten. Schließlich fuhren wir jedes Jahr in die Schweiz, ich verbrachte einen ganzen Monat im exklusiven Pré Fleuri und bekam teure Schuhe von Bally gekauft. Dies alles gab es nicht umsonst. Da würde eine höhere Miete doch sicherlich nicht übermäßig ins Gewicht fallen? Für die Wohnung im Hochhaus hätte ich bereitwillig auf Pré Fleuri verzichtet, auch wenn dies bedeutet hätte, dass ich den ganzen Sommer über im Tessin hätte verbringen müssen. Zwei Monate nur unter Erwachsenen, mit dem Großpapa, der nach seinem Schlaganfall von Tag zu Tag schwerfälliger wurde, während in Portugal das Meer zum Baden einlud und der Strand neue Bekanntschaften in Aussicht stellte! Aber noch bevor ich diese Gedanken zu Ende gedacht hatte, schämte ich mich bereits für meinen Egoismus, und so ließ ich es zu, dass das Thema Wohnung abgehakt wurde, bis sie bald darauf vergeben war.

Ich trauerte der Wohnung im Hochhaus lange nach, und als ich aus der Schweiz nach Portugal zurückkehrte und die umgestoßenen vor Müll überquellenden Holzkisten vor unserem Haus erblickte, konnte ich mich eines unbändigen Zorns nicht erwehren: Konnte meine Mutter für einmal nicht auch an mich denken? Das damals so konservative Portugal hatte schließlich auch ihr zu schaffen gemacht. Der fehlende Rahmen und das nicht vorhandene Elternhaus waren schuld daran gewesen, dass sie keinen Mann gefunden hatte, der ihr zugesagt hatte. Aber was war mit mir? Konnte sie nicht verstehen, dass die Erziehung, die sie mir dank der elitären Privatschule und den Aufenthalten in der Schweiz ermöglichte, nicht ausreichte, um aus mir einen bodenständigen und selbstbewussten Menschen zu machen, sondern eher das Gegenteil bewirkte?

Heute weiß ich, dass ich meine Ängste, meine Scham, meine Sehnsucht nach einer Zugehörigkeit zu Portugal mit ihr bestimmter hätte thematisieren müssen, aber ich wollte sie mit einer andersartigen Einstellung nicht verletzen. Ich ahnte, dass der Krieg, die siebenjährige Trennung von ihren Eltern, der Ausschluss aus dem VDA und die alleinige Verantwortung für mich sie tief verunsichert hatten und sie auf meine Einfühlung in hohem Maß angewiesen war. Aus diesem Grund stand ich ihr bei, vermied jegliche Kränkung, ohne zu merken, dass die Entwicklung meines Selbst dabei auf der Strecke blieb. Viel später machte mir meine Therapeutin klar, dass es ganz in Ordnung sei, Gefühle von Angst, Zorn oder Verwirrung zu verspüren, und dass

Mutti das Recht auf solche Gefühle nicht für sich allein gepachtet hatte.

Damals, ich war fünfzehn, geschah dies alles mehrheitlich in meinem Unterbewusstsein. Vordergründig träumte ich von einem festen Freund, der mir ein Gefühl von Zugehörigkeit geben und mein «Anderssein» durch seine Anwesenheit überspielen würde. Die meisten Mädchen in meinem Alter hatten bereits einen. Nur ich nicht. Ich musste an Silvinha denken, die in den vornehmen Bezirk Estrela gezogen war und seit einigen Monaten eine feste Beziehung hatte! Hatte sie diesen Umstand der neuen Wohnung im vornehmen Estrela und der Transparenz ihrer Familienverhältnisse zu verdanken? Ich bildete mir ein, dass Ricardo, den ich auf einem Fest der Nachbarskinder kennengelernt hatte, Gefühle für mich entwickelte. Ich war, wenn auch etwas pummelig, ein hübsches Mädchen. Mein ebenmäßiges Gesicht mit der kleinen, geraden Nase, dem vollen Mund und den großen braunen Augen war anziehend, und ich fragte mich, warum Ricardo, während unserer häufigen, lang andauernden Telefonate nicht expliziter wurde. Monate später erfuhr ich, dass er mit Leonor, einem unscheinbaren und mit Schönheit nicht gesegnetem Mädchen eine feste Beziehung eingegangen war. Aber ihre Familie und Herkunft waren intakt, und bekanntlich kommt ja Schönheit vornehmlich von innen…

Die Abendessen mit dem Patenonkel am Sonntagabend wurden zur Routine und verschafften mir trotz seiner Zurückhaltung zeitweilig Trost. Obwohl sie mir hätten zu denken geben müsen, verdrängte ich mein Misstrauen und genoss stattdessen die Stunden im Restaurant des Automobilklubs, wo ich mich der Illusion hingab, zu einer portugiesischen, alteingesessenen und intakten Familie zu gehören, die die Voraussetzung für eine baldige Beziehung erfüllen würde.

8. KAPITEL – DIE ABENDGESELLSCHAFT

Ich hatte es aufgegeben, Mutti nach meinem Vater zu bedrängen, obwohl die Fragen, wer er war, wie er aussah, wo er lebte, weshalb er und meine Mutter sich getrennt hatten und warum ich ihm offensichtlich gleichgültig war, in meinem Kopf immer noch mit der gleichen Intensität herumspukten. Aber im Laufe der Zeit hatte ich eingesehen, dass ich dieses Rätsel selbst lösen musste. Um die Person meines Vaters hatten die Großeltern, die Tanten und meine Mutter eine dicke Mauer des Schweigens errichtet, die ich mit meinen 16 Jahren nicht einzureißen vermochte.

Aber nicht nur die Person meines Vaters, sondern auch diejenige des Patenonkels begannen mich zunehmend zu beschäftigen. Belim rief fast jeden Abend bei uns an und verlangte sofort, meine Mutter zu sprechen.

Zunächst machte ich mir darüber keine Gedanken, aber mit der Zeit, fragte ich mich, ob die Frau des Patenonkels mit den häufigen Telefonaten, die ihr Mann mit der Mutter seines Patenkindesführte, einverstanden war.

Aber nun kamen der Patenonkel und seine Frau endlich zu uns zum Essen, und dann hätte alles seine Ordnung. Das Abendessen, zu dem Mama eingeladen hatte, sollte das erste und letzte sein, zu dem sie sich hatte aufraffen können, für mich aber wurde dieser Abend zukunftweisend. Am Nachmittag vor besagtem Essen fragte ich die sichtlich nervöse Mutti nach den Gästen.

„Herr und Frau Monteiro kommen, meine Freundin Maria José und Admiral Figueiredo."

„Und Frau Zuger kommt nicht?"

„Nein. Dies ist eine portugiesische Runde, in die Frau Zuger nicht hineinpasst." Frau Zuger, Muttis langjährige Freundin war durch und durch Deutsche und sprach nur schlecht Portugiesisch. Deshalb war es verständlich, dass sie nicht eingeladen worden war.

„Aber der Patenonkel und seine Frau kommen, oder?"

Muttis Gesicht wurde von einer tiefen Röte überzogen, und um ihre Verlegenheit vor mir zu verbergen, rieb sie mit aller Kraft an dem Kerzenleuchter, den das Dienstmädchen vor nur wenigen Stunden bereits auf Hochglanz poliert hatte.

„Seine Frau ist krank", rechtfertigte sich Mutti schließlich.

„Aber du hast sie doch eingeladen?"

Statt einer Antwort erklärte Mutti, sie müsse rasch in die Küche und nach der Vorspeise sehen.

Ich nahm an, meine Mutter hätte sie eingeladen und ging in mein Zimmer. Ich hatte Hausaufgaben zu machen, die ich unbedingt vor dem Anlass erledigen wollte, denn heute würde es bei uns so zugehen wie bei den meisten meiner Freundinnen, deren Eltern ein geselliges Leben führten.

Das Ehepaar Monteiro traf als erstes ein. Die Monteiros besaßen eine gutgehende Apotheke im Zentrum Lissabons, und Dr. Monteiro hatte mich zu seiner zukünftigen Schwiegertochter erkoren. Statt seines Sohnes, der an mir keinen Gefallen fand, entwickelte Herr Monteiro zu mir eine fast schon aufdringliche Zuneigung. Deshalb vermied es Mutti, sich mit Monteiros öfters zu treffen, aber sie hatte sich für die vielen Einladung, die hauptsächlich mir galten, revanchieren wollen. Dona Valéria Monteiro war die typische Portugiesin. Sehr herzlich, gemessen und zierlich. Ich liebte Dona Valéria. In ihrer Gesellschaft fühlte ich mich wohl. Sie war der Ausgleich zu ihrem dominanten Ehemann, vor dem ich mich in Acht nehmen musste.

Es läutete erneut. Einige Augenblicke später führte das in eine schwarze Uniform gekleidete Dienstmädchen mit weißem Häubchen auf dem Kopf und gestickter Spitzenschürze um die Taille, Dona Maria José und den Admiral herein. Beim Anblick des Letztgenannten war ich fast ein bisschen enttäuscht. Unter einem ranghohen Marineoffizier hatte ich mir einen großen Mann in einer mit vielen Orden geschmückten Uniform vorgestellt. Stattdessen betrat ein eher schmächtiger, in Zivil gekleideter Herr mit schneeweißen Haaren und leuchtend blauen Augen das Wohnzimmer.

Nachdem ich Muttis Bekannten die Hand gegeben hatte, wurde ich aufgefordert, in mein Zimmer zu gehen. Widerwillig gehorchte ich, aber ich ließ die Tür des Wohnzimmers einen Spalt breit offen. Ein gesellschaftlicher Anlass bei uns zu Hause war etwas nie Dagewesenes, und ich wollte mir das Gespräch der Erwachsenen –

auch wenn nur ansatzweise – keinesfalls entgehen lassen.

Ich vernahm, wie der Admiral von seinem kürzlichen Aufenthalt in Brasilien erzählte. Er war längere Zeit in Rio de Janeiro gewesen, wo er an einem gemeinsamen Fischereiprojekt von Portugal und Brasilien mitgewirkt hatte. Er hatte auch die neue Hauptstadt Brasilia besucht, die 1960 Rio de Janeiro als Regierungssitz ablöste.

„Stellen Sie sich vor, was es bedeutet, eine ganze Stadt aus dem Boden zu stampfen. Vorher war in dieser weiten und öden Landschaft des Sertão absolut nichts. Sogar die Vögel sollen in Flugzeugen nach Brasilia gebracht worden sein."

„Lúcio Costa, der Stadtplaner und Oscar Niemeyer, der Architekt, haben in Brasilia wirklich ein ganz großes Projekt verwirklicht", warf Dr. Monteiro ein.

„Mein Lieber", entgegnete der Admiral freundlich. Groß umfasst nur einen Teil dieses riesigen Projektes. Die Brasilianer haben einen Hang zum Gigantismus. In meinen Au-gen sind sie größenwahnsinnig, aber was mich mit ihnen aussöhnt, ist dass sie sich trotz allem ihren Charme und ihre Liebenswürdigkeit bewahrt haben. Deshalb hat es mir dort auch so gut gefallen, obwohl die Gegensätze zwischen Arm und Reich unermesslich sind."

„Aber bei uns ist es auch nicht viel anders", hörte ich Mutti einwenden."

„Da haben Sie vollkommen recht, gnädige Frau, aber was Brasilien so einzigartig macht, ist seine Bevölkerung. Sie ist ein Schmelztiegel primär aus Portugiesen, Italienern, Libanesen, Deutschen und Japanern, die zu einem lebensfrohen, unbekümmerten und unkonventionellen, ja zwanglosen Menschenschlag zusammengewachsen sind."

Zwanglos, das war das eine Wort, das mich aufhorchen ließ. Ich hatte genug von der Unterhaltung im Wohnzimmer gehört und verzog mich nachdenklich in mein Zimmer. Auf meinem Pult stand mein inzwischen kalt gewordenes Abendessen, aber ich war viel zu aufgeregt, um Hunger zu verspüren. Zwanglos, zwanglos, ohne Zwang, frei, zwanglos wiederholte ich wie in Trance das eine Wort aus dem Munde des Admirals, während aus dem Radio der Sambasong *mais que nada* von Sérgio Mendes ertönte. Später will ich in Brasilien leben. Dort werde ich ein unbekümmertes und fröhliches Leben, frei von Zwängen führen, malte ich mir aus. Aber über meinen Wunschträumen vergaß ich, dass ich im konservativen Portugal aufwuchs, dessen Konventionen und Zwänge sich längst in mir festgesetzt hatten und zu einem Teil meiner selbst geworden waren. All dies würde ich nach Brasilien mitnehmen, zusammen mit dem Ballast meiner Herkunft, von dem ich mich nicht so leicht würde befreien können.

9. KAPITEL – DAS TWINSET

An einem Abend im November fragte mich Mutti, was ich mir zu Weihnachten wünschte.

„Ein Twinset", kam es wie aus der Pistole geschossen.

Mutti betrachtete mich mit einem merkwürdigen, fragenden und zugleich traurigen Blick, den ich nicht zu deuten vermochte. Sich ein Twinset zu wünschen, war doch nichts Außergewöhnliches, oder vielleicht doch? Auf meiner Schule mit ihrem gemischten Unterricht gab es keinen Uniformzwang, weshalb wir Mädchen um die Aufmerksamkeit der Jungs wetteiferten. Twinsets waren schon länger in Mode, wurden aber bis zu jenem Zeitpunkt nur von Damen getragen. Im Herbst hatten sie jedoch Einzug in unsere Schule gehalten. Gaby war eine der ersten, die eines Morgens mit einem flaschengrünen Twinset aus Lambswool und einem grauen Flanellrock in der Klasse erschien. Sie sah sehr schick aus, und ich beneidete sie glühend um das exklusive Kleidungsstück. Bald trugen auch Lydia, Teresa und Maribel Twinsets, und ich fragte mich, ob ich ein solches wohl zu Weihnachten geschenkt bekommen würde.

Heiligabend begingen Mutti und ich in der gewohnten Zweisamkeit. Ich hatte mir gewünscht, sie hätte ihre Freundin Else Zuger eingeladen. Dann wäre der Abend nicht so rührselig geworden, aber Frau Zuger war bereits von ihrem Schwiegersohn zum Fest gebeten worden, und auf meinen Vorschlag, den Patenonkel mit seiner Frau einzuladen, war ich von Mutti mit einem strafenden Blick bedacht worden.

Nun saßen wir beide allein an dem festlich gedeckten Tisch und schauten auf das mit Lametta und Kerzen geschmückte, aus Deutschland importierte Tannenbäumchen, das in Portugal, wo fast ausschließlich Pinien wachsen, wahrscheinlich ein kleines Vermögen gekostet hatte.

Ich dachte an Gaby, die jetzt an einem langen Tisch mit Vater, Mutter, den älteren Schwestern und Schwagern Weihnachten feierte. Eine angeregte Unterhaltung würde den Raum erfüllen, und später würden die Nachbarn hinüberkommen und mit ihnen auf Weihnachten anstoßen.

Bei uns war alles eine Tonlage trister, obwohl Mutti sich alle Mühe gab, die Einsamkeit zu überspielen. Sie zündete die Kerzen an, legte

Weihnachtslieder auf und lud mich ein, mitzusingen, doch beim Klang von Stille Nacht, Heilige Nacht, brach ihre Stimme, und ich sah, wie sie sich verstohlen eine Träne aus den Augenwinkeln wischte.

„Als ich nach Portugal kam", begann sie zu erzählen, „war Weihnachten für mich ein trauriges Fest. Keine Tannen, keine Lieder, kein Lametta, keine Kerzen, kein Schnee und weit weg in Berlin Großmama und Großpapa."

Ich wusste nicht, wie ich sie trösten sollte und schwieg. Ich wünschte die Monteiros herbei, die sich über eine Einladung von uns sicherlich sehr gefreut hätten. Mit ihnen wäre es vergnüglicher geworden, und Mutti hätte keine Zeit gehabt, an die Großeltern zu denken und mich als Surrogat für ihre Abwesenheit zu vereinnahmen. Aber diese Gedanken durfte ich ihr gegenüber nicht aussprechen. So sehr Mutti mich auch liebte, *sie gab mir nicht den Raum, in dem ich meine Gefühle und meine Empfindungen erleben konnte*.

„Zum ersten Mal", fuhr Mutti fort, „habe ich deutsche Weihnachtslieder am Rossio gehört. Sie kamen aus dem Lautsprecher der *Loja das Meias* und tauchten den weiten Platz in eine weihnachtliche Stimmung. Meine Arbeitskollegin und ich standen wie angewurzelt vor dem teuren und eleganten Geschäft und weinten hemmungslos. Wir beide waren an diesem regnerischen und windigen 23. Dezember 1952 von einer unbeschreiblichen Sehnsucht nach Deutschland heimgesucht worden."

„Hast du niemals daran gedacht, zurückzugehen?", fragte ich sie ein zweites Mal.

„Manchmal hat die Sehnsucht nach meiner Heimat mich mit dem Gedanken spielen lassen zurückzugehen. Ich weiß jedoch nicht in welches Zurück. Für mich gibt es kein Zurück mehr. Vielleicht erscheint mir diese verlorene Welt auch in der Erinnerung schöner. Die meisten Dinge gewinnen an Wert, wenn man sie nicht mehr hat. Alles Schlechte fällt ab, und es bleibt nur ein rosiger Schimmer, eine Art Weihnachtsbaumromantik, die mit der Wirklichkeit nichts mehr gemein hat."

Das Dienstmädchen brachte den Hauptgang herein und beendete die Rührseligkeit, die durch Muttis bis zu jenem Abend nie dagewesenem Zartgefühl unerträglich geworden war.

Nach einer mir erscheinenden Ewigkeit – das

Dessert war abgetragen worden – kamen wir endlich zur Bescherung. Endlich, weil die Vorfreude auf das vielleicht Verborgene unter dem Baum, fast nicht mehr zu zügeln war.

Hermínia, die Hausangestellte, wurde zuerst bedacht. Sie wollte am nächsten Morgen sehr früh zu ihrer Schwester aufs Land aufbrechen, um mit ihr den Weihnachtstag zu verbringen.

Mutti schenkte ihr eine Bluse, die ihren umfangreichen Bauch kleidsam verhüllte, und ich fragte mich, wie sie es fertiggebracht hatte, ohne vorherige Anprobe eine derart passgerechte Bekleidung aufzutreiben. Aber Mutti war eben perfekt, und so hatte sie auch nicht vergessen, eine Schachtel mit Toilettenseifen zu kaufen, die ich der Angestellten etwas verlegen in die Hand drückte. Der Hausdrachen bedankte sich überschwänglich und verschwand in seinem Zimmer.

„Wenn du nicht gewesen wärst, hätte ich für Hermínia kein Geschenk gehabt," sagte ich zu Mutti und umarmte sie stürmisch.

„Ist schon gut, und jetzt lass uns endlich zur Bescherung schreiten."

Ich kniete vor dem Baum und zog mein Geschenk für Mutti hervor. „Für dich", sagte ich stolz. Sie wickelte mit fast unerträglicher Langsamkeit mein Päckchen aus. Endlich kam der Wollschal hervor, den ich mir von meinem Sackgeld abgespart hatte. Muttis Freude machte den sechswöchigen Verzicht auf meine geliebte Zeitschrift Jours de France jedoch mehr als wett.

Die meisten Geschenke unter dem Baum waren für mich: Bücher von Enid Blyton, die die Großeltern Monate vorher geschickt hatten. Ein kostbares Kartendeck von Tante Lena und einen Federhalter von Caran d'Ache von Tante Heidi. Ich war reich beschenkt worden. Aber in meinem Kopf drehte sich alles nur um das Twinset, das ich unter dem Weihnachtsbaum vergebens suchte. Als ich das letzte Geschenke ausgepackt hatte, war mir zum Heulen zumute, aber es gelang mir, eine angemessene Freude zu heucheln und die aufsteigenden Tränen zu unterdrücken.

Und dann zog Mutti hinter dem Baum eine mit Geschenkbändern umwickelte Schachtel hervor, auf denen ich den Schriftzug des eleganten Geschäfts Loja das Meias las. Mein Herz begann zu hüpfen, und meine Hände zitterten unkontrolliert, als ich die Schachtel in Empfang nahm. Konnte es sein, dass sich darin das Twinset befand?

Nach einer Weile gelang es mir die Schleifen zu lösen, die Schachtel zu öffnen und das Seidenpapier zurückzuschlagen. Ich traute meinen Augen nicht. Ein weinrotes Twinset leuchtete mir entgegen. Vorsichtig nahm ich den kurzärmeligen Pullover heraus und hielt ihn mir vor die Brust. Er hatte genau meine Größe. Dann zog ich die Strickjacke an und rannte in mein Zimmer vor den Spiegel. Ich streifte sie über das Kleid. Sie passte perfekt.

Das rührselige, anfangs so traurige Weihnachtsfest hatte für mich eine unerwartete Wendung genommen, die von Trauer in Freude umgeschlagen war.

Ich kehrte mit dem Twinset zu Mutti ins Esszimmer zurück und umarmte sie leidenschaftlich.

„Ich freue mich, dass es dir gefällt", sagte sie steif, „aber ein solches Geschenk steht dir nicht zu".

Ich starrte sie aus großen Augen an, ohne zu begreifen, auf was sie hinauswollte.

„Du bist nicht Gaby und kannst es dir daher

nicht erlauben, die gleichen Ansprüche zu stellen. Du hast dir schon immer Freundinnen aus gesellschaftlichen Kreisen ausgesucht, mit denen wir nicht mithalten können. Du musst in deinem Umgang bescheidener werden. So geht das nicht weiter."

Ich war sprachlos. Was war nur in meine Mutter gefahren? Plötzlich sollte ich mir andere Schulfreundinnen suchen, die aus weniger begüterten oder weniger vornehmen Kreisen stammten? Aber wie sollte das gehen, wenn Mutti sich unlängst über gerade sie herablassend geäußert hatte: Ottilies Eltern hatten keine Bildung, Amelias Familie hatte kein Niveau und Madalenas Vater war lediglich Besitzer eines kleinen Goldlädchens. Dass das Goldlädchen, wie Mutti das Juweliergeschäft abfällig bezeichnete, einmal den Kauf eines Einfamilienhauses im vornehmen Badeort Estoril ermöglichen sollte, stand damals noch in den Sternen!

Und was war mit Costa da Caparica? Hatte sie damals nicht behauptet, dass an die Costa da Caparica nur die kleinen Leute fuhren und dass diese kein Umgang für mich waren? Aber nun sollte ich mir plötzlich neue Freundinnen aus diesem Umfeld aussuchen! Und Gaby? Sollte ich mich ebenfalls von ihr entfernen? Aber da hatte Mutti sich geschnitten. Ich würde Gaby niemals aufgeben, niemals!

Ich hob das Twinset auf, das bei meiner stürmischen Umarmung auf den Boden gerutscht war, ließ die übrigen Geschenke unter dem Baum liegen und ging in mein Zimmer.

Ich hatte das Licht der Nachttischlampe bereits gelöscht, als die Tür aufging und Mutti sich zu mir ans Bett setzte.

Sie wusste, dass sie mir das Fest vermiest hatte und strich mir deshalb in einer Geste der Versöhnung sanft über das Haar. „Du weißt, dass ich dir, wenn immer möglich, die Sterne vom Himmel hole, und deshalb dir auch das Twinset gekauft habe, aber von Zeit zu Zeit muss ich dich wieder auf den Boden der Realität zurückholen. Belim hat mir neulich vorgeworfen, ich würde dich wie eine Rotschild erziehen, obwohl ich mir das gar nicht leisten könne."

„Was hat *der* sich, um meine Erziehung zu scheren. Er ist nur mein Patenonkel."

Mutti gab darauf keine Antwort, drückte mir einen Kuss auf die Stirn und verließ schweigend das Zimmer.

Lange nachdem sie gegangen war, dachte ich über ihren plötzlichen Sinneswandel nach. Es ließ sich nicht leugnen, dass ich sonderbare und undurchsichtige Familienverhältnisse hatte und wir finanziell nicht auf Rosen gebettet waren. Trotzdem blieb mir ihr Verhalten ein Rätsel, das die Widersprüchlichkeit in meiner Familie widerspiegelte: Ich musste «standesgemäße» Freunde haben, durfte ihre Ansprüche aber nicht zu den meinen machen. Mutti und die Großmama gaben mir ständig zu verstehen, dass ich einer sehr vornehmen und gebildeten Familie entstammte, deren Vorfahren bereits im XVII Jahrhundert an der Universität von Bologna gelehrt hatten. In Portugal aber wurde nichts getan, um diese Vornehmheit zu untermalen. Oder waren Mutti und die Großmama wahrhaftig so naiv zu glauben, dass ein totgeschwiegenes Elternteil und ein schäbiges Wohnhaus meiner noblen Abstammung nichts anhaben könnten?

Gegenüber Lieferanten nahm die Großmama stets den Doktortitel ihres Mannes an. Sie sprach dann von sich als Frau Doktor, was sie aber nicht daran hinderte, bei ihnen anschreiben zu lassen, wenn sie wieder einmal knapp bei Kasse war.

Die von Mutti und der Großmama an den Tag gelegte Inkonsequenz war für mich ein Buch mit sieben Siegeln, führte aber in meinem Unterbewusstsein dazu, dass ich begann, sie nicht mehr ernst zu nehmen. Wie rührend von Mutti, dass sie mir trotz unserer bescheidenen finanziellen Situation die Sterne vom Himmel geholt hatte. An jenem Weihnachtsabend wünschte ich mir jedoch, sie hätte sie oben gelassen.

10. KAPITEL – DAS PORTRÄT

Um den Patenonkel war es seit längerem still geworden. Er hatte schon lange nicht mehr angerufen, und auch unsere Abendessen zu dritt am Sonntagabend im Restaurant des Automobilclubs waren seit mehreren Wochen ausgefallen. Ich fragte mich, was das zu bedeuten hatte. War Belims Frau mit unseren regelmäßigen Treffen nicht mehr einverstanden gewesen? Oder hatte ihr der Patenonkel am Ende gar nichts davon erzählt, und sie war selbst dahintergekommen? Verdenken konnte ich es ihr nicht, wenn sie den Abendessen ihres Mannes mit seinem Patenkind und dessen Mutter einen Riegel geschoben hatte. Mir tat sie damit einen Gefallen, denn ich vermisste meinen Patenonkel nicht. Obwohl ich ihn jetzt besser kannte, war ich in seiner Gegenwart noch immer sehr befangen.

Und trotzdem musste ich an diesem trüben Sonntagnachmittag kurz an ihn denken. Ich brütete schon seit geraumer Zeit über meinem Französischaufsatz zu «la peste» von Albert Camus, den ich am Montag abgeben musste. Ich kam nicht gut voran und war deshalb froh, dass der

Patenonkel uns nicht ins Restaurant eingeladen hatte.

Als Mutti zum Abendessen rief, hatte ich mein Werk vollendet, war aber damit nicht zu-frieden. Deshalb fragte ich sie, ob ich ihr den Aufsatz nach der Mahlzeit vorlesen könne.

„Natürlich. Ich muss noch den letzten Satz der Übersetzung für die «Lumilar» umschreiben und dann kannst Du zu mir in die Bibliothek kommen."

Mutti machte in ihrer kargen Freizeit regelmäßig Übersetzungen für die Firma Lumilar, die ihre Beleuchtungskörper und elektrisches Zubehör nach Deutschland exportierte. Sie verdiente sich damit ein Zubrot, das uns manchen Luxus erlaubte, und ich bewunderte sie für ihren Fleiß und ihr Durchhaltevermögen.

Als ich in die Bibliothek trat, saß Mutti an ihrem Sekretär, der schräg vor dem Fenster stand. Offensichtlich war sie noch immer in ihre Übersetzung vertieft und hatte mich nicht kommen hören. Ich trat von hinten an sie heran und klopfte ihr sanft auf die Schulter.

„Mein Gott hast du mich erschreckt", rief sie und ließ schnell ein kleines Etwas in eine Schublade an der Stirnseite der Schreibplatte gleiten.

„Brauchst du noch etwas Zeit?", fragte ich verunsichert.

„Nein, ganz und gar nicht. Und nun sage mir, worüber du geschrieben hast."

„Ich muss die Hauptfigur in Camus' Roman Die Pest charakterisieren."

„Doktor Rieux?"

„Ja genau den, aber woher ist dir diese Romanfigur bekannt?", fragte ich Mutti voller Bewunderung, weil sie so viel wusste und, bis auf Mathematik, mir in allen Fächern behilflich war.

„Es ist zwar schon eine ganze Weile her, seit ich das Buch gelesen habe, aber dieser feinfühlige, ganz in seinem Beruf aufgehende Arzt ist mir noch heute lebhaft in Erinnerung. Ich bin gespannt, wie du ihn beschrieben hast."

Ich begann vorzulesen, verhaspelte mich aber ständig.

„Du scheinst mit deinen Gedanken nicht bei der Sache zu sein", unterbrach mich Mutti gereizt.

„Entschuldigung", murmelte ich.

Ich war in der Tat nicht bei der Sache. Ständig musste ich an das geheimnisvolle Etwas denken, das Mutti vor mir in der Schublade versteckt zu haben glaubte.

Ich begann erneut zu lesen. Diesmal schaffte ich es, den Text fehlerfrei wiederzugeben, und Mutti war mit meiner Arbeit zufrieden.

„So, das hätten wir geschafft, aber nun ab ins Bett. Es ist schon nach zehn, und morgen bekomme ich dich nicht aus den Federn."

Ich fand lange keinen Schlaf, wälzte mich im Bett hin und her und konnte den nächsten Tag kaum erwarten. Sobald meine Mutter nach dem Mittagessen zurück ins Büro gegangen wäre, würde ich in die Bibliothek gehen und die Schubladen des Sekretärs nach dem kleinen Etwas durchsuchen.

Während des Mittagessens war ich fahrig und hörte Mutti kaum zu.

„Was ist mit dir?", fragte sie mich, nachdem ich ihre Frage nach dem Aufsatz über Dr. Rieux nicht beantwortet hatte.

„Wieso?", fragte ich dümmlich.

„Deinen Aufsatz, musstest du ihn vorlesen?"
„Ach so, nein der Lehrer hat die Arbeiten eingesammelt."

Wir beendeten das Mittagessen, ohne ein weiteres Wort miteinander zu wechseln. Ich hatte ein schlechtes Gewissen, weil ich im Begriff war, sie zu hintergehen, aber meine Neugier war stärker als die Schuld, die ich im Begriff war, auf mich zu laden.

Von Mutti unbemerkt zuckte ich zusammen. Schuld? War das Durchsuchen unverschlossener Schubladen ein derart schweres Vergehen, dass ich mich seiner schuldig fühlen musste?

Zum ersten Mal bedrückte mich die tiefe emotionale Bindung zwischen Mutti und mir.

An jenem Nachmittag empfand ich sie als Belastung und gestand mir beschämt ein, dass sie begann, mir lästig zu werden. Eine nicht weniger liebevolle, dafür aber gesunde Distanz hätte mir sicherlich dabei geholfen, die Dinge etwas leichter zu nehmen.

Ich beneidete Gaby um ihre Schwestern, mit denen sie sich die elterliche Aufmerksamkeit teilen musste. Aber auch für die Eltern wäre die Vereinnahmung ihrer Kinder ein emotionaler Aufwand gewesen, der sie belastet hätte.

Als Mutti sich kurze Zeit später von mir verabschiedete, vermied ich es, ihr in die Augen zu sehen. Sie tat so, als würde sie es nicht bemerken, umarmte mich und küsste mich liebevoll auf die Wangen. Dann zog sie ihre Jacke an, nahm ihre Handtasche und eilte davon.

Ungeduldig wartete ich, bis das Dienstmädchen den Tisch abgeräumt, das Geschirr abgewaschen und sich zu ihrer Zimmerstunde zurückgezogen hatte.

Auf Zehenspitzen ging ich in die Bibliothek, die neben dem Zimmer des Hausdrachens lag. Geräuschlos machte ich die Tür zu und setzte mich an Muttis Sekretär.

Ich zog die Seitenladen heraus und klappte die Schreibfläche auf. Meine Hände zitterten vor Aufregung, und nur mit Mühe gelang es mir, die erste der drei kleinen Schubladen hinter der Schreibfläche leise aufzuziehen.

Bis auf ein Klebeband und einen Radiergummi war sie leer. Ich zog die nächste auf, die eine Tube Leim und einige Bleistifte enthielt. Das konnte Mutti doch nicht ernsthaft vor mir versteckt haben, aber vielleicht befand sich das kleine Etwas in der letzten Schublade? Alles war so schnell gegangen, dass ich nicht gesehen hatte, wohin Mama es hatte hineingleiten lassen. Aber auch die letzte Schublade war eine

Enttäuschung. Sie enthielt nur einige Büroklammern und einen kleinen, nach unten gekehrten Bilderrahmen.

Erstaunt und zugleich enttäuscht starrte ich auf den belanglosen Inhalt. In meiner Fantasie hatte ich gehofft, vielleicht ein zerknülltes Stück Papier mit einer aufschlussreichen Notiz oder eine Schachtel mit geheimnisvollem Inhalt zu entdecken. Aber Büroklammern und eine Fotografie waren das Letzte, das ich erwartet hatte.

Mehr aus Frust als aus Neugier drehte ich den Rahmen um und starrte in das ernste Ge-sicht des Patenonkels.

War es dieses kleine Bild, das Mama vor mir versteckt hatte? Die Büroklammern waren es sicherlich nicht. Es konnte also nur das kleine Bild gewesen sein. Nachdenklich nahm ich das Port-rät aus der Schublade, um es eingehender zu be-trachten. Ich konnte mir keinen Reim darauf ma-chen, warum Mutti es so schnell in der Schublade hatte verschwinden lassen. Hatte ich sie dabei ertappt, wie sie die Fotografie in der Hand gehalten und das Antlitz des Patenonkels studiert hatte?

Und jetzt erinnerte ich mich auch, dass das

Bild vor nicht allzu langer Zeit noch neben den Fotografien der Großeltern und Großtanten auf dem Schreibtisch gestanden hatte. Warum jetzt nicht mehr und warum war es in die Schreibtischschublade verbannt worden? Konnte seine «Deportation» etwas mit den ausbleibenden Anrufen zu tun haben?

Wie immer, wenn es um den Patenonkel ging, überkam mich ein Gefühl der Anspannung.

Noch einmal sah ich mir das Foto an: Es zeigte das mir bekannte Antlitz des knapp fünfzigjährigen Patenonkels, dessen Züge eine unerklärliche Vertrautheit widerspiegelten und mich stark an jemanden erinnerten. Wie eine Schlange, die sich lautlos an ihr Opfer heranschleicht, spürte ich wie ein entsetzlicher Verdacht meinen Rücken emporkroch, meine Kehle in den Würgegriff nahm und so fest zudrückte, bis ich keine Luft mehr bekam. Lange ging mein Atem stoßweise.

Ich nicht mehr, wie lange ich an dem Sekretär gesessen habe. Erst als ich Hermínia in der Küche hantieren hörte, stand ich auf und begab mich in mein Zimmer, das Porträt des Patenonkels versteckt in meiner hohlen Hand. Ich stand verloren in der Mitte des Raumes, als Hermínia mir meine heiße Schokolade und einige Kekse brachte. Bei meinem Anblick hätte sie fast das Tablett mit der Vesper fallengelassen.

„Ist Ihnen nicht gut", fragte sie besorgt und stellte das Tablett auf meinen Schreibtisch.

„Nein, warum?"

„Sie sind leichenblass".

„Ich bin etwas müde", versuchte ich sie zu beruhigen „und werde mich später ein wenig hinlegen."

„Ja, das wird Ihnen sicher guttun", sagte Hermínia und ließ mich allein.

Ich setzte mich an mein Pult und stellte das Portrait neben die Schreibtischlampe. Das Tablett schob ich beiseite. Obwohl es erst vier Uhr nachmittags und draußen noch hell war, knipste ich die Lampe an, um das Bild in aller Deutlichkeit zu betrachten.

Auf dem Bild trug der Patenonkel einen Schnurbart. Ich nahm ein Blatt Papier aus einer Schublade heraus und deckte die untere Hälfte seines Antlitzes ab. Entsetzt erkannte ich meine Gesichtszüge.

Noch hatte ich eine leise Hoffnung, dass mein

Verdacht nur eine Sinnestäuschung war, und dass ich mir alles nur eingebildet hatte.

Ich nahm das Porträt vom Schreibtisch, schritt zur Kommode und betrachtete mich im Spiegel, der über dem Möbelstück hing. Das Gesicht, das mir entgegenstarrte, wies eine unverkennbare Ähnlichkeit mit jenem des Patenonkels auf. Ich nahm die Lupe – ein letztes Geschenk des verstorbenen Großpapas – und vergrößerte die kleine Fotografie: Belims Augenbrauen waren, wie meine, ebenfalls zusammengewachsen. Angewidert, schwor ich mir, sie noch am gleichen Abend zurecht zu zupfen. Seine großen mandelförmigen dunklen Augen glichen in erstaunlicher Weise den meinen, und seine kurze, gerade Nase hatte gleichfalls den leichten Linksdreh wie die meine.

Auf dem Bild trug der Patenonkel einen schmalen Schnurrbart. Lange starrte ich das Porträt an, bis ich eine Strähne meines schulterlangen Haares ergriff und sie über meine Oberlippe zog. Aus dem Spiegel starrte mich der Patenonkel an.

Kalte Schauer liefen mir über den Rücken.

Deutete diese frappante Ähnlichkeit darauf hin, dass der Patenonkel mein Vater war? Nein, das konnte nicht wahr sein. Mutti hätte ihre über alles geliebte Tochter, den Mittelpunkt ihres Lebens, wie sie es mir so oft versichert hatte, niemals in so schändlicher Weise belogen. Ich klammerte mich an den Strohhalm: Belim war nicht mein Vater. Er war Anwalt und auf dem verhassten Schulformular hatte ich den Beruf meines Vaters mit «Kaufmann» angegeben. Mutti hatte gesagt, dass ich alles richtig ausgefüllt hatte, also konnte Belim nicht mein Vater sein. Erleichtert über meine fadenscheinige Alibiübung packte ich meine Schultasche aus und begann mit den Schularbeiten. Aber das Porträt des Patenonkels, das wieder auf meinem Schreibtisch stand, ließ mir keine Ruhe.

Belim war definitiv nicht mein Vater. Er durfte es nicht sein. Aber warum gab es dann keine Bilder meines leiblichen Vaters mit mir und meiner Mutter? Irgendwann, vor seiner Auswanderung nach Afrika, musste er mit uns zusammengelebt haben. Sicherlich hatte es Momente gemeinsamer Zärtlichkeit gegeben, die irgendjemand dauerhaft hatte festhalten wollen, aber eigenartigerweise waren keine derartigen Bilder vorhanden.

Ich ging in die Bibliothek, öffnete die unteren Schubladen des Sekretärs, in denen Mutti die Umschläge mit den Fotos aufbewahrte und ging eines nach dem anderen durch. Die Couverts enthielten immer die gleichen Bilder: Die Großeltern, die Tanten, Mutti, ich und Pater Gregorius. Verdammt, gab es denn keine Fotos meines Vaters?

Nachdem meine Suche erfolglos verlaufen war, richtete ich meinen Blick erneut auf den Patenonkel, der mich gemessen aus dem Bilderrahmen anstarrte. Und wenn Belim doch mein Vater war? Je länger ich darüber nachdachte, desto schmerzhafter wurde mir bewusst, dass die Teile meines Puzzles sich nahtlos zu einem vollständigen Bild zusammenfügten.

Mit einem Mal fand ich eine Erklärung dafür, dass es von uns und Papa keine Bilder gab. Belim war ein verheirateter Mann, der verfängliche Bilder mit seiner anderen Familie unter allen Umständen hatte vermeiden wollen. Und darum war er auch immer allein zu den Abendessen im Automobilclub erschienen. Zu dem Anlass bei uns zuhause hatte Mama ihn und seine Frau natürlich nicht eingeladen, war ich mir doch sicher, dass man Letztgenannte über unsere Existenz im Dunkel gelassen hatte, weshalb der Patenonkel sich nicht mehr getraut hatte, bei uns anzurufen.

Meine Wangen glühten, und obgleich Scham zu einem mir vertrauten Gefühl gehörte, schämte ich mich an diesem Nachmittag wie nie zuvor.

Ich war – übel genug – kein Scheidungskind mehr, sondern schlimmer noch die uneheliche Tochter meines Patenonkels, der mit meiner Mutter ein Verhältnis hatte. Aber wie war ich zu meinem Nachnamen gekommen, der weder jener des Patenonkels noch der ledige Name meiner Mutter, jedoch derjenige war, den meine Mutter jetzt trug?

Wer war ich? Ich bekam es mit der Angst zu tun. Was verbarg Mutti vor mir? Was oder wer steckte hinter dieser Scharade?

Ich klappte das Matheheft auf und versuchte zu verstehen, was wir am Morgen im Unterricht durchgenommen hatten, aber die Zahlen und Parabeln verschwammen vor meinen Augen.

Verstört klappte ich das Heft zu und stopfte es

zusammen mit den übrigen Unterlagen in meine Tasche. Zum ersten Mal während meiner langen Unterrichtszeit würde ich am nächsten Morgen mit ungemachten Schularbeiten im Klassenzimmer erscheinen.

Ich nahm meine geliebte Illustrierte «Jours de France» zur Hand und vertiefte mich in den Fortsetzungsroman, den ich erst nach gemachten Hausaufgaben hatte lesen wollen.

Meine Mutter kam an jenem Tag später nach Hause. Sie war noch bei der Beleuchtungsfirma gewesen, um Heimarbeit abzuholen.

Inzwischen hatte ich mich dank der oberflächlichen Berichte über die europäischen Königshäuser und Berühmtheiten so weit von meinem Problem abgelenkt, dass es mir gelang, nochmal alles zu überdenken und die Geschehnisse in einem anderen Licht zu betrachten. Ohne dass es mir bewusstwurde, hatte ich mich nach meinem kurzen Freigang in die Empörung wieder in mein emotionales Gefängnis unter der Glashaube begeben, und die Mutti tat mir nur noch leid. Wie schwer musste es sein, im rückständigen Portugal die Geliebte eines verheirateten Mannes zu sein und gleichzeitig vor mir,

Haltung zu bewahren. Wie hatte ich Mutti mit meinen bohrenden Fragen nach der Identität meines Vaters gequält und sie in erdrückende Verlegenheit gebracht. Ich überlegte, ob ich ihr die verhängnisvolle Frage nach der wahren Identität meines Vaters stellen sollte, die ich bereits so gut wie beantwortet hatte. War es nicht besser, alles beim Alten zu lassen? Schließlich waren wir bis jetzt mit unserer Selbsttäuschung nicht schlecht gefahren. In der Schule glaubten alle, mein Vater sei Kaufmann und in Afrika und ich ein eheliches Kind, das aus dieser Verbindung hervorgegangen war. Ich müsste Müttchen nicht länger quälen, und unser Leben würde genauso weitergehen wie bisher. Aber was war mit meiner Selbstfindung? Hatte ich nicht ein Anrecht darauf, die ganze Wahrheit zu erfahren? Meine Mutter ließ mich mit einer schwerwiegenden Lebenslüge aufwachsen, die nicht nur mein Selbstwertgefühl zerstörte, sondern auch mein späteres Leben entscheidend beeinflussen sollte.

Während des Abendessens war ich ungewöhnlich schweigsam, aber Mutti war zu sehr mit ihren eigenen Problemen, von denen ich zu der Zeit noch nichts wusste, beschäftigt, um meine Einsilbigkeit zu bemerken. Mutti war traurig, das spürte ich, und nachdem der Nachtisch abgeräumt worden war, beschloss ich, es dabei bewenden zu lassen. Ich würde ihr nichts über meine Erkenntnisse erzählen und ihr auch nicht die eine Frage stellen, die sie mitten ins Herz treffen würde.

So gab ich vor, mit den Hausaufgaben noch nicht fertig zu sein und verzog mich in mein Zimmer. Ich blätterte in der Illustrierten, aber die Gesichter der Stars und Adligen nahmen auf jeder Seite die Züge des Patenonkels an.

Und plötzlich war es mit meinen guten Vorsätzen vorbei, und ich stürmte in die Bibliothek, wohin die Mama sich verzogen hatte. Ich hatte Angst, wieder schwach und rücksichtsvoll zu werden und überfuhr sie deshalb mit der schonungslosen, unbarmherzigen und grausamen Frage: „Der Patenonkel ist mein Vater, nicht wahr?"

Gebannt wartete ich auf eine Antwort von Mutti, die, den Rücken mir zugewandt, vor ihrem Schreibtisch saß. „Ja, er ist es", antwortete sie mir, ohne sich umzudrehen. Und schon wieder in ihre Arbeit vertieft, fügte sie noch rasch hinzu: „Aber nun, da du es weißt, ist ja alles gut."

Ich war fassungslos. Alles hatte ich erwartet, nur nicht diese belanglose Antwort auf meine tiefgründige Frage.

Während endloser Minuten stand ich reglos hinter meiner Mutter, in der Hoffnung, dass noch eine Ergänzung, eine Bemerkung ein tröstendes Wort kommen würde, aber nichts kam mehr.

Auf leisen Sohlen ging ich in mein Zimmer. Ohne die Zähne zu putzen, schlüpfte ich in mein Pyjama und kroch unter die Bettdecke. Ich ärgerte mich maßlos über mich selbst, dass ich die Zusammenhänge erst jetzt erfasst hatte. Wie konnte ich nur so naiv gewesen sein, fragte ich mich immer wieder, wobei ich vergaß, dass ich unter einer Haube aus dickem Glas aufgewachsen war. Ein neuer, mich erschreckender Groll gegen meine Mutter begann in mir aufzusteigen, und, obwohl ich versuchte, dieses ungewöhnliche Gefühl zurückzudrängen, gelang es mir nicht.

Ich war siebzehn Jahre alt. Mutti hätte Zeit genug gehabt, um sich auf meine Frage vorzu-bereiten und sich eine wahrheitsgetreue Antwort zurechtzulegen. Stattdessen hatte sie meine Ängste ignoriert und mich auf brutalste Art vor den Kopf gestoßen.

Als ich Mutti gefragt hatte, ob der Patenonkel verheiratet sei, hatte sie meine Frage bejaht und hinzugefügt, dass er auch einen Sohn hätte.

Unter der Bettdecke wurde die Hitze unerträglich. Der Schweiß brach mir aus allen Poren und zugleich fror ich erbärmlich. Mit einem Mal hatte ich einen Halbbruder und war Tante von Nichten und Neffen, die ich wohl nie zu Gesicht bekommen würde.

Ich wusste nicht mehr wer ich war, wohin ich gehörte, wer meine Großeltern väterlicher-seits waren, wobei ich noch nicht einmal das Geheimnis um meinen Nachnamen gelüftet hatte.

Aber wollte ich tatsächlich die ganze Wahrheit erfahren? Wäre es nicht gescheiter, sie ruhen zu lassen? Schlimmer konnte es nicht kommen, oder vielleicht doch?

Ich ließ sie ruhen, bis eines Tages der Patenonkel wieder anrief.

11. KAPITEL – DIE EINLADUNG

An einem späten Abend kurz vor Weihnachten klingelte das Telefon. Meine Mutter war unter der Dusche, weshalb ich es war, die das Gespräch entgegennahm.

„Está", rief ich in die Muschel, worauf das unsinnige und altbekannte „estou" antwortete. Obgleich der Patenonkel lange nicht mehr angerufen hatte, erkannte ich sogleich seine Stimme.

„Meine Mutter ist im Badezimmer. Kann sie dich später zurückrufen?"

„Sie wollte ich nicht sprechen, sondern nur dich."

Ich wollte darauf etwas entgegnen, brachte aber kein Wort über die Lippen.

„Es ist kurz vor Weihnachten, und ich würde am Sonntagabend gern mit dir essen gehen", schob der Patenonkel kurz und bündig nach.

Mir verschlug es die Sprache. „Da... danke, ge..., gerne", stotterte ich in den Höher. Und nachdem ich mich wieder gefasst hatte, fragte ich ihn: „Wo und wann sollen wir dich treffen?"

Einige Momente blieb es still in der Leitung.

Mit angehaltenem Atem wartete ich auf eine

Antwort.

War ich zu forsch gewesen?

„Nicht ihr, sondern nur du und ich", antworte er fast etwas erzürnt.

Ich wusste darauf nichts zu entgegnen, und als ich stumm blieb, sagte Belim bestimmt: „Also um acht Uhr im *Tavares*, aber nur du und ich".

Ich lauschte immer noch dem Freizeichen in der Leitung, als meine Mutter ins Zimmer trat.

„Was stehst du da mit dem Hörer in der Hand, als ob du mit einem Geist gesprochen hast, ist jemand für mich am Telefon?"

„Nein, das Gespräch ist beendet."

„Wer war es?"

„Der Patenonkel."

Ich konnte mich noch nicht dazu überwinden, von ihm als «mein Vater» zu sprechen.

Obgleich Muttis Schlafzimmer, in dem der Telefonapparat stand, nur von der Nachttischlampe dürftig erhellt wurde, meinte ich zu erkennen, dass ihr Gesicht sich dunkel verfärbte. Sie schien sich jedoch darüber zu freuen, dass der Patenonkel den Kontakt wieder aufgenommen hatte. Aber wie sollte ich es ihr schonend beibringen, dass er nur mich sehen wollte?

„Hat er gesagt, weshalb er angerufen hat?"

Wie sollte ich ihre Frage nach dem Zweck seines Anrufes beantworten, ohne sie zu verletzen?

Ich schwieg, aber meine Mutter wiederholte in bohrendem Ton ihre Frage. „Was wollte der Patenonkel, und warum hast du aufgelegt, ohne mich ans Telefon zu rufen?"

„Er wollte dich nicht sprechen."

„Er wollte mich nicht sprechen?", fragte meine Mutter ungläubig.

Ich war mir sicher, dass Mutti und der Patenonkel sich gestritten hatten, aber konnten sie das, was zwischen ihnen vorgefallen war, nicht allein austragen und mich zufriedenlassen? Ich wollte in diese Geschichte nicht mit einbezogen werden, und auf einmal hatte ich es satt, mich für die Handlungsweise anderer schuldig fühlen zu müssen.

„Nein, wollte er nicht", antwortete ich kurz angebunden.

„Was wollte er dann?", fragte meine Mutter immer noch verwirrt.

„Er hat mich am Sonntag zum Abendessen eingeladen, aber nur mich, wie er ausdrücklich betont hat", ergänzte ich meine patzige Antwort.

Mit meinen barschen Worten wollte ich sie wachrütteln, ihr zu verstehen geben, dass ich genauso betroffen war wie sie. Meine zornige Antwort sollte das klärende Gespräch zwischen Mutter und Tochter endlich auslösen, aber Mutti war nicht, oder noch nicht bereit, darauf einzugehen.

„Und wirst du gehen?"

„Ich weiß es nicht".

Ich wollte die Einladung nicht annehmen. Aber musste ich sie? Ich wünschte mir, der Patenonkel würde endlich aus meinem Leben verschwinden.

„Du musst gehen. Er ist dein Vater, und du kannst dir zum Automobilklub ein Taxi nehmen."

Ich verstand den Zusammenhang zwischen der Tatsache, dass Belim mein Vater war und ich mir zum Automobilklub ein Taxi nehmen sollte, nicht.

„Wieso soll ich mir zum Automobilklub ein Taxi nehmen?"

„Ihr geht doch dort essen, oder nicht?"

„Nein, wir gehen ins *Tavares*, und ich habe keine Ahnung, was für ein Lokal das Tavares ist und wo es sich befindet."

Mutti starrte mich fassungslos an. Lange brachte sie kein Wort heraus.

„Was ist"? fragte ich entnervt. Ich stand schon wieder vor einem Rätsel und kam mir vor, wie ein unmündiger Trottel, den man zum Wohl der Leichtfertigkeit der Erwachsenen unter einer Glashaube hielt.

„Das Tavares ist das eleganteste und teuerste Restaurant Lissabons. Du solltest am Sonntag dein grünes Kleid und den schwarzen Mantel anziehen."

Ich war der Meinung, dass nur Kinder und Halbwüchsige fähig waren, ihre Zwistigkeiten auf so hinterhältige und gemeine Art auszufechten. Jetzt kam ich zum Schluss, dass die Erwachsenen viel schlimmer waren. Sie ermahnten die Kinder, stets die Wahrheit zu sagen, Anstand zu wahren und lehrten sie zwischen Gut und Böse zu unterscheiden, während sie sich in einem Knäuel von Lügen verwickelten, das sie aufzurollen nicht im Stande waren.

12. KAPITEL – AUF DÜNNEM EIS

Das bevorstehende Abendessen mit dem Patenonkel beschäftigte mich während der ganzen Woche, und am Samstag wusste ich noch immer nicht, ob ich die Einladung annehmen sollte oder nicht. Am späten Sonntagnachmittag machte ich noch immer keine Anstalten, mich umzuziehen, bis Mutti zu mir ins Zimmer kam.

„Ich weiß, wie dir zumute ist. Aber du musst gehen. Bitte. Er ist dein Vater und vielleicht finden wir durch dich wieder zueinander."

Muttis Worte bewegten mich tief. Sie war verzweifelt, aber sie hatte kein Recht, von mir zu verlangen, ihre in der Vergangenheit begangenen Fehler auszubügeln.

Trotz dieser Erkenntnis ließ ich mich zu dem Abendessen mit meinem Vater erweichen, wobei mein Entschluss sicherlich auch von einem gewissen Grad an Neugier beeinflusst wurde. Denn ich wollte wissen, was den Patenonkel zu seinem Sinneswandel bewogen hatte.

Es regnete, und ein kräftiger Wind fegte die prallen Tropfen unter meinen aufgespannten Schirm, wo sie auf meinem Gesicht zerplatzten.

Ich lief bis zur Avenida Estados Unidos da A-mérica, in der Hoffnung auf der gut befahrenen Straße, ein Taxi zu ergattern. Auf dem Dach des vierten Autos leuchtete die Anzeige endlich auf grün. Mit dem nach oben geklapptem Regenschirm fuchtelte ich fieberhaft in der Luft herum, trat auf die Fahrbahn, bemüht das Taxi, das mich um ein Haar überfahren hätte, um jeden Preis anzuhalten.

„Sind Sie lebensmüde?", fragte der Chauffeur immer noch verstört über den beinahe Unfall.

„Nein, nur nass", antwortete ich ihm.

Während der Fahrt ins Bairro Alto, dem höher gelegenen und von der Brise des Ozeans ventilierten Viertel Lissabons, in dem einst die vornehmen Familien lebten, versuchte ich mich auf das bevorstehende Treffen vorzubereiten. Ich wusste nicht, was mich erwartete und auch nicht, wie ich mich angemessen verhalten sollte. Zudem war meine durch den Regen zerknitterte Kleidung und mein zerzaustes Haar meiner Selbstsicherheit nicht gerade förderlich.

Als das Taxi vor dem Restaurant anhielt und ein gewichtiger Portier in dunkelroter Livree den Wagenschlag für mich aufriss, war es mit meiner

Fassung vorbei. Mit zitternden Fingern fischte ich einen Geldschein aus meinem Portemonnaie und überreichte ihn dem Chauffeur. Das Wechselgeld fiel mir aus der Hand und ergoss sich in das schlecht beleuchtete Innere des Taxis. Mir gelang es, einer Fünf-Escudo-Münze habhaft zu werden, die ich dem geduldig wartenden Portier verlegen in die Hand drückte. Die im Taxi verstreuten Münzen überließ ich dem Fahrer als Trinkgeld.

Der Pförtner führte mich in einen kleinen Vorraum, der vom einfallenden Licht durch eine Milchglastür spärlich erleuchtet wurde. Mit einer eleganten Handbewegung stieß er die Pendeltür auf, drückte sie an die Wand und ließ mich ins Innere des Restaurants eintreten. Der kleine Vorraum und die dezente Milchglastür mit dem goldenen Monogramm, das mir in der Aufregung entgangen war, hatten mich keineswegs auf die Innenausstattung des Lokals vorbereitet, die mir während Augenblicken den Atem verschlug. Nach fast sechzig Jahren sehe ich den in Rottönen gehaltenen Saal noch deutlich vor mir. Ein hochfloriger roter Teppich bedeckte den Fußboden. Auf den weißgedeckten Tischen standen silberne Kerzenleuchter, die ein gedämpftes Licht abgaben. Die mit rotem Brokat überzogenen und goldeingefassten Stühle widerspiegelten die Farbe des Teppichs und die goldgerahmten Spiegel ließen den Raum noch größer und majestätischer erscheinen, als er es tatsächlich war.

Geblendet vom Prunk des Erblickten, suchte ich vergebens nach dem Patenonkel. Verloren stand ich im Raum und ließ meinen Blick über die Tische schweifen. Endlich erspähte ich ihn in einer Ecke, eine über das Tischtuch gebeugte Gestalt, die fern vom gastgewerblichen Geschehen zu sein schien. Belim, den ich bis zu jenem Zeitpunkt als eleganten und autoritären Mann kannte, hatte mit einem Mal etwas Jämmerliches an sich. Und plötzlich verwandelte sich meine bisherige Ablehnung in Mitleid. Er tat mir leid, weil er so einsam und zerbrechlich wirkte, er tat mir leid, weil er so ernst war und sich offensichtlich an den kleinen Dingen des Lebens nicht erfreuen konnte, er tat mir leid, weil er in eine Gesellschaftsschicht hineingeboren worden war, die Gefühlsausbrüche nicht duldete, und er tat mir leid, weil ich ihn noch niemals herzhaft hatte lachen hören.

Der Patenonkel winkte mich an seinen Tisch.

„Wie schön, dass du schon da bist", sagte Belim, ein verzerrtes Lächeln seine Lippen umspielend.

Ich umarmte ihn. Er aber wich erschrocken zurück. Offensichtlich war er diese Art von Herzlichkeit nicht gewohnt. Er wies mir den ihm gegenüberstehenden Stuhl zu, und ich nahm mit durchgedrückter Wirbelsäule auf der äußersten Kante Platz. Ich war verlegen, aber er war es auch. Wahrscheinlich war ich ihm mit meiner fröhlichen und herzlichen Art genauso fremd, wie er es mit seiner Steifheit mir gegenüber war. Ich überspielte unsere gegenseitige Verlegenheit, indem ich ihm von der Schule erzählte. Sichtlich erfreut war er, als ich ihm sagte, dass wir im Portugiesisch Unterricht „das Verbrechen des Paters Amaro" von Eça de Queiroz lasen. Das kam seiner Vorstellung einer angemessenen Schulbildung für mich schon bedeutend näher. Wenn es nach ihm gegangen wäre, hätte ich eine portugiesische Klosterschule besucht, aber Mutti hatte sich mit der Deutschen Schule durchsetzen können, wofür ich ihr dankbar war.

Ich hatte ein schlechtes Gewissen, weil ich Mutti mit keinem Wort in die Unterhaltung einfließen ließ. Aber unsere Annäherung war wie dünnes Glas, das ein unbedachtes Wort zum Zerbrechen bringen konnte.

Zwischen mir und dem Patenonkel begann das Eis langsam zu schmelzen. Bei meinen Erzählungen, die sich nun nicht mehr nur um die Schule drehten, sondern auch um meinen Aufenthalt in Pré Fleuri und meinen Eindrücken von der Schweiz, erhellte hin und wieder ein Leuchten seine großen, dunklen Augen, die mich nicht mehr ernst und streng, sondern erwartungsvoll anblickten.

Ein Kellner trat an unseren Tisch, fragte, ob Herr Doktor schon fündig geworden sei und zerstörte mit seiner Beflissenheit das zarte Pflänzchen unserer aufkommenden Vertrautheit.

„Nein, aber wir holen das gleich nach", antwortete Belim und schob eine in dunkelrotes Leder gebundene Menükarte zu mir hinüber. Ehrfürchtig betrachtete ich die in verschnörkelter Schrift aufgezeigten Speisen und erschrak über ihre schwindelerregenden Preise. Mit Mutti ging ich nicht oft essen und wenn, dann in einfachere

Restaurants, deren erschwingliche Kost sie sich leisten konnte. Deshalb konnte ich mir auch keinen Reim auf «darne de saumon pochée» und «sauce aux oseilles» machen. Dies waren keine französischen Vokabeln, die wir hatten lernen müssen.

Der Patenonkel bemerkte meine Verlegenheit und kam mir zu Hilfe: „Nun was hältst du davon, wenn wir den raffinierten, aber unserem Gaumen zuweilen fremden Speisen ein herzhaftes Steak vorziehen?"

Ich nickte erleichtert.

„Wünschen Herr Doktor zum Fleisch Trockenreis oder Pommes frites?

Ich hatte wieder festen Boden unter den Füßen, und auf den fragenden Blick des Patenonkels gab ich Pommes frites zur Antwort.

Nachdem der Kellner gegangen war, fragte ich Belim: „Bist du öfters hier?"

„Wie kommst du darauf?"

„Nun, der Kellner scheint zu wissen, dass er dich mit «Herr Doktor» anzureden hat."

Zum ersten Mal an jenem Abend erheiterte ein schelmisches Lächeln das sonst so strenge Gesicht des Patenonkels: „In einem Lokal wie diesem werden alle Herren mit Herr Doktor angeredet, aber unser Kellner kennt mich in der Tat sehr gut. Du musst wissen, dass ich hier ganz in der Nähe wohne und deshalb oft im Tavares zu Gast bin.

Ich starrte ihn aus großen Augen an, und er, geschmeichelt durch meine Bewunderung, lehnte sich in dem brokatüberzogenen Sessel entspannt zurück.

Wie gerne hätte ich ihm die Fragen gestellt, die mir auf der Zunge brannten und wie gerne hätte ich Vater zu ihm gesagt. Aber noch drohten wir auf dem Eis einzubrechen. Ich musste behutsam vorgehen, wollte ich das bisher Erreichte nicht kaputt machen.

Das Taxi, das der Patenonkel für mich hatte kommen lassen, hielt vor dem Restaurant an. Noch bevor ich einsteigen konnte, drückte mir Belim ein kleines, flaches Päckchen in die Hand. „Steck es am 25. Dezember in deinen Strumpf" sagte er und spielte damit auf den portugiesischen Brauch an, Weihnachten erst am 25. Dezember zu feiern und die Geschenke für die Kinder in einem Strumpf zu verstecken.

Gerührt schloss ich ihn in die Arme und stieg

in das wartende Taxi ein. Als es anfuhr, drehte ich mich um und winkte durch das Heckfenster einer dunklen Gestalt zu, die mit zum Gruße erhobener Hand reglos vor dem Restaurant stand.

13. KAPITEL – DER STREIT

Belims Päckchen raschelte geheimnisvoll in meiner Hand. Als Portugiese hatte der Patenonkel angenommen, dass Mutti und ich – wie es in Portugal Brauch war – Weihnachten am 25. Dezember feierten. Seine Bemerkung, das Päckchen sei für den ersten Feiertag bestimmt, öffnete mir plötzlich die Augen und ich erkannte, wie diametral entgegengesetzt die Kulturen meiner Eltern waren. Vielleicht waren diese Antagonismen schuld an ihrem Zerwürfnis: Auf der einen Seite war da meine Mutter, die mit ihrer Selbstsicherheit, Selbständigkeit und ihrem übertriebenen Deutschtum nicht in das Bild der portugiesischen devoten Frau passte. Auf der anderen Seite war da mein Vater, ein in sich gekehrter, zurückhaltender und bestimmender Mann, der an den Überlieferungen einer starren und in der Zeit stehengebliebenen Gesellschaft festhielt. Ich begann vieles zu verstehen, nicht aber Muttis Zurückhaltung, zwischen mir und dem Patenonkel ein entspannteres Verhältnis zuzulassen. Sie war es, die mich letztlich bewogen hatte, zu dem Abendessen zu gehen. Er ist dein Vater hatte sie zu mir gesagt, ihn aber in all den Jahren seine Rolle als Patenonkel weiterspielen lassen. Konnte es sein, dass ihrer einnehmenden und fast krankhaften Liebe zu mir ihre egoistische Verhaltensweise zu Grunde lag? Ich weigerte mich, diesen furchteinflößenden und traurigen Gedanken zuzulassen, aber wenn dem doch so gewesen wäre, hatten mein Vater und ich keine Chance gehabt...

„Nun, wie war der Abend?", fragte Mutti erwartungsvoll, als ich kurz vor elf nach Hause kam. Ich ließ sie über den Verlauf des Abends im Dunkeln.

Stattdessen stellte ich ihr die Frage, die mich schon seit längerem beschäftigte. „Was ist zwischen euch vorgefallen?"

„Warum willst du das wissen. Hat Belim gesagt, dass er mir immer noch böse ist?"

„Er hat dich mit keinem Wort erwähnt", antwortete ich ihr mit einer Brutalität, die mir leidtat, aber ich provozierte sie bewusst, im Bestreben sie dazu zu bringen, mir endlich die ganze Wahrheit zu sagen.

Verletzt und enttäuscht biss sie sich auf die

Lippen. Lange sagte sie nichts, und ich dachte schon, dass ich besser daran getan hätte, sie vor meiner Herzlosigkeit zu verschonen, als sie mich fragte: „Kannst du dich noch an das Wochenende erinnern, an dem ich beruflich verreisen musste?

„Ja, du bist zu einer internationalen Konferenz gefahren?"

„Ganz richtig."

„Aber was hat die Konferenz mit dir und dem Patenonkel zu tun?"

„Der Patenonkel ist ebenfalls zu dieser Tagung gefahren".

„War er auch ein Teilnehmer?", fragte ich verständnislos.

„Nein, aber mit einem Mal tauchte er vor der Glastür des Tagungsraumes auf, durch die man auf den Gang gelangte. Er wollte sich mir gegenüber bemerkbar machen. Er lief vor der Tür lange hin und her und spähte in den Saal hinein, in der Hoffnung, mich unter den Teilnehmern zu sichten und mich zu grüßen. Er hat mich mit seinem Verhalten ganz närrisch gemacht, und ich konnte mich kaum konzentrieren."

„Das wäre mir genauso gegangen, aber du

hast dich doch sicherlich über seine Anwesenheit gefreut?"

„Nein, habe ich nicht", antwortete Mutti heftig.

„Nicht?", fragte ich ungläubig.

„Wie konnte ich? Die Konferenz war sehr anstrengend. Ich übersetzte während Stunden zwischen der englischen Kundschaft und den portugiesischen Lieferanten und musste meinen Kopf bei der Sache haben. Am Abend gab es ein Essen mit den Tagungsteilnehmern, an dem ich zu erscheinen hatte. Das habe ich Belim während einer Pause erklärt. Er zeigte sich einsichtig, aber mitten in der Nacht klopfte er dann an meine Tür. Er wollte zu mir ins Zimmer kommen und den Rest der kurzen Nacht mit mir verbringen."

„Und", fragte ich erwartungsvoll.

„Ich habe ihn fortgeschickt."

„Du hast was? Das kann doch wohl nicht dein Ernst gewesen sein?"

„Verstehst du denn nicht?" Muttis Wangen wurden von einer zornigen Röte überzogen. Sie trank in durstigen Zügen aus dem Wasserglas, das neben ihr auf dem Tisch stand und fuhr dann nach einer Weile nachdenklich fort: „Nein, du

kannst nicht verstehen, warum ich ihn fortgeschickt habe. Wie kannst du auch. Vielleicht habe
ich dich zu stark behütet, dich unter einer Glashaube aufwachsen lassen, in der Hoffnung, ich
könnte auf diese Weise alles Leid von dir fern-
halten."

Ich schwieg und fragte mich, ob Mutti immer
noch nicht bereit war, mir alles zu erzählen. Aber
da brach es in heftigen Sätzen auch schon aus ihr
heraus: „Ja, ich hab' ihn fortgeschickt. Ich war
todmüde und wollte keinen Sex. Seine Anwesenheit beschämte mich. Wie konnte er es wagen,
sich in mein berufliches Leben einzumischen. Er
hatte kein Recht dazu. Lächerliche tausendfünf-
hundert Escudos zahlt er monatlich für dich. Davon kann ich knapp dein Schulgeld bezahlen."

Ich schaute Mutti entsetzt an. Ich wünschte
mir, ich könnte meine Betroffenheit verbergen.
Es gelang mir nur schlecht. Aber meine Mutter
schien sie nicht bemerkt zu haben, zu sehr war
sie mit der Rechtfertigung ihres Verhaltens beschäftigt.

Ach, hätte ich damals bloß gewusst, was ich
heute weiß. Vielleicht hätte ich ihr die Augen öffnen und sie von ihrem hohen Ross herun-

terholen können. Dann wäre eine Versöhnung vielleicht noch möglich gewesen…

„Ja, ich habe ihn fortgeschickt. Ich wollte am anderen Morgen nicht mit ihm gesehen werden. Ich hätte mich vor den wissenden Blicken der Zimmermädchen beim Anblick der zerwühlten Leintücher eines Bettes, das noch immer den Duft einer Liebesnacht ausströmte, geschämt. Er hätte wissen müssen, dass ich nicht zu meinem Vergnügen an die Konferenz gefahren bin, dass ich als alleinerziehende Mutter auf meine Arbeit angewiesen bin…"

„Warum bist du denn nicht bei dem geblieben, von dem du dich hast scheiden lassen?", unterbrach ich ihren Erguss.

Sie blickte mich an, als ob sie einem Gespenst begegnet wäre, und ich fragte mich, was ich falsch gemacht hatte.

Sie gewann jedoch rasch ihre Fassung zurück. Sie beantwortete aber nicht meine Frage, sondern fuhr in ihrer Erzählung fort: „Als ich am nächsten Morgen noch vor dem Frühstück an der Rezeption nach im fragte, sagte man mir, er sei bereits abgereist. Aber man händigte mir ein verschlossenes Couvert aus, auf dem er in seiner

kleinen anmutigen Schrift meinen Namen geschrieben hatte."

„Und was enthielt der Umschlag?"

„Nur einen Zettel mit der knappen Nachricht:
zwischen uns ist es für immer vorbei."

Die letzten Worte waren in einem hemmungs-
losen Schluchzen untergegangen. Mutti ließ ihren Tränen freien Lauf, endlich nicht mehr bemüht, sie vor mir verstecken zu müssen.

Ich nahm sie in meine Arme, und während ich
ihr sanft über das Haar strich, fragte ich mich,
was ich an ihrer Stelle getan hätte. Mit meinen
siebzehn Jahren war ich zu jener Zeit noch ein
unerfahrenes Mädchen. Trotzdem war ich mir
mit unerschütterlicher Gewissheit sicher, dass
ich den geliebten Mann niemals weggeschickt
hätte. Zu sehr auf eine feste Bindung bedacht, die
mir die fehlende Selbstsicherheit auf Grund meiner angeschlagenen Familienverhältnisse geben
würde, hätte ich nie den Mut zu einer derartigen
Handlung gehabt.

Ich war nicht im harten, von Gewaltherrschaft
und Krieg geprägtem Deutschland, sondern im
duldsamen und besonnenen Portugal großge-
worden. Und obwohl meine deutsche Mutter

und die deutschen Großeltern sich nach Kräften bemühten, aus mir eine Deutsche zu machen oder, wenn ihnen das nicht gelang, mir eine deutsche Denkweise zu vermitteln, fiel es mir nicht schwer, mich in meinen Vater hineinzuversetzen und sein Verhalten nachzuvollziehen.

Mit ihrer Zurückweisung hatte Mutti den Patenonkel in seinem Stolz getroffen und ihn verletzt. Er konnte ihr nicht mehr in die Augen sehen. Das hatte seine Nachricht klar zum Ausdruck gebracht. Im Portugal der späten sechziger Jahre maß man dem Wort „Emanzipation" nicht die gleiche Bedeutung zu wie heute. Der portugiesische Mann erwartete nicht nur von seiner Ehefrau, sondern auch von seiner Geliebten, dass sie ihm mit Demut begegneten, sich seinem Willen fügten und ihm untertan waren. Indem mein Vater sich eine deutsche Geliebte genommen hatte, zu der er offensichtlich ernste Gefühle hegte, war er über seinen Schatten gesprungen. Aber er hatte es nicht fertiggebracht, dass sie sich wie eine portugiesische Frau verhielt. Sie war viel zu gebildet und tüchtig, als dass ihr dies gelungen wäre. Und warum sollte sie sich unterwürfig geben, wenn es doch sie war, die für unseren Unterhalt, meine Bildung und nicht zuletzt das teure Internat, in welches sie mich zur Abrundung meiner Erziehung schickte, aufkam. In den Augen des Patenonkels war Mutti aufsässig und respektlos gewesen. Einen portugiesischen Mann durfte man nicht zurückweisen. Aber gerade das hatte sie getan und dem Ego des Patenonkels damit den Dolchstoß versetzt, von dem er sich nicht so schnell erholen würde.

Damals hatte ich Verständnis für das Vorgehen meines Vaters. Demütige und unterwürfige Frauen waren ein Teil des portugiesischen Umfeldes, in dem ich aufwuchs und das mich entscheidend geprägt hat.

Lange habe auch ich diese Anschauung verinnerlicht und mich auch so verhalten. Erst viel später habe ich die schmerzliche Erfahrung gemacht, dass Demut und Unterwürfigkeit nicht immer ein Garant für Glück und Zufriedenheit sind.

14. KAPITEL – KOSTBARE GESCHENKE

Mutti hatte endlich aufgehört zu weinen. Sie tat mir unendlich leid, wie sie mit verheulten und geröteten Augen vor mir saß. Zum ersten Mal hatte sie mich in ihre Gefühlswelt blicken lassen und ihre Seele vor mir entblößt.

Ich verfluchte den Patenonkel, weil er an sinnlosen Konventionen festhielt und fragte mich, warum die Erwachsenen sich das Leben so schwer machten.

„Ich werde Euch wieder zusammenbringen, das verspreche ich dir", tröstete ich meine Mutter, die mich dankbar anlächelte.

Wie leichtsinnig von mir, ihr ein Versprechen zu geben, von dem ich nicht wusste, ob ich es würde einhalten können! Es war spät geworden, und am nächsten Morgen mussten wir früh aufstehen. Ich nahm Mutti noch einmal in den Arm und ging in mein Zimmer. Ich hatte immer noch meinen Mantel an, in dessen Tasche das Geschenk des Patenonkels verführerisch raschelte. Linkisch riss ich das Papier auf und starrte ungläubig auf das kostbare Seidentuch des französischen Couturiers Jean Patou. Mit seinen aparten Streifen in Rot, Schwarz und Ocker lächelte es mich an und erweckte meine Eitelkeit. Ich versuchte, meine Freude über das Tuch zu verdrängen. Der Patenonkel hatte mir damit ein Geschenk gemacht, das mir nicht zustand. Es stand meiner Mutter zu. Und doch hatte er es mir geschenkt, mit der Absicht, Mutti für ihr Verhalten zu bestrafen.

Ich hielt das Tuch immer noch in meinen Händen. Es war wunderschön, und sein Dessin betörte meine Sinne. Sorgfältig faltete ich es zusammen und legte es in die Kommode unter meine Nachthemden. Während Jahren brachte ich es nicht über mich, es in Muttis Gegenwart zu tragen. Erst in der Schweiz, wohin ich nach dem Abitur zog, band ich es hin und wieder um. Es war das erste bewusste Geschenk meines Vaters, und ich besitze es noch heute, 55 Jahre nachdem er es mir schenkte.

Am nächsten Tag benutzte ich Muttis Abwesenheit, um mich bei meinem Vater für das ausgefallene Geschenk zu bedanken. Er freute sich über meinen Anruf und versprach, sich bald zu melden.

Es vergingen jedoch etliche Monate, bis er

mich wieder zum Essen einlud.

Der Patenonkel schien fast ausschließlich im Tavares zu verkehren, denn auch an jenem Abend bat er mich, ihn dort zu treffen.

Obgleich mir das Nobelrestaurant nicht mehr ganz so fremd war, übte der Speisesaal immer noch die gleiche niederschmetternde Wirkung aus wie bei meinem ersten Besuch. Ich hatte den Eindruck, dass die Kerzen in ihren silbernen Haltern heller leuchteten, die gestärkten Tischdecken weißer schimmerten als damals und der Teppich sich flauschiger anfühlte als an jenem Abend, als ich das Tavares voller Ehrfurcht zum ersten Mal betrat. Ich stand verloren in einer Ecke und hielt nach dem Patenonkel Ausschau, konnte ihn aber nirgends ausmachen. Ein Kellner trat an mich heran und bedeutete mir, ihm in die Lounge zu folgen. Er zeigte auf das Sofa im hintersten Teil des Raumes, in dem eine verlorene Gestalt abwesend das Whiskyglas vor sich auf dem Clubtisch betrachtete.

Ich bekundete meine Aufmerksamkeit mit einem diskreten Räuspern, aber der Patenonkel starrte noch immer, in sich versunken, in sein Glas. Ich trat näher und legte meine Hand sanft auf seine Schultern, um ihn nicht zu erschrecken. Trotzdem fuhr er zusammen.

„Guten Abend Belim, entschuldige bitte, ich wollte dich nicht erschrecken."

„Nicht so schlimm", antwortete er und erhob sich mühsam aus dem durchgesessenen Sofa. Der Kellner eilte ihm zu Hilfe, aber er winkte ab. Stattdessen nahm er meinen Arm. Langsam schritten wir in den gegenüberliegenden Speisesaal. Der Patenonkel war dünn geworden. Sein viel zu weiter Anzug schlotterte um seine dürre Gestalt, die sich mit schlurfenden Schritten langsam vorwärtsbewegte.

Der kurze Gang zu unserem Tisch war für Belim ein Marathonlauf. Entkräftet ließ er sich auf seinem Stuhl nieder.

Im Licht des Kronleuchters und der vielen Kerzen auf den einzelnen Tischen bemerkte ich sein aschgraues Gesicht, die fahlen einst leuchtenden Augen und den dürren Hals, der aus dem zu weiten Hemdkragen wie ein im Wind schwankender Mast herausragte. Und jetzt fiel mir auch die schwarze Krawatte und die ebenfalls schwarze Binde an seinem Ärmel auf. Mir wurde klar, der Patenonkel trauerte, aber um wen?

Meinem Vater war mein bestürzter Blick nicht entgangen. „Meine Frau ist vor zwei Monaten gestorben. Sie war seit langer Zeit leidend, aber dann ging es plötzlich ganz schnell. Seit unserer Geburt, schieben wir den Tod vor uns her und sind doch überrascht, wenn er unverhofft an die Tür klopft."

„Mein herzliches Beileid", murmelte ich. „Der Verlust deiner lieben Frau tut mir aufrichtig leid", schob ich nach.

Zu meiner Schande musste ich mir jedoch eingestehen, dass mein Beileid nur geheuchelt war. Tief in meinem Innern frohlockte ich über die veränderten Umstände, die vielleicht meine Eltern wieder zusammenführen würden. Und dann erschrak ich noch mehr: Der Mann, der mir gegenübersaß, war in den drei Monaten seit unserer letzten Begegnung zu einem Greis geworden, der mit dem Leben abgeschlossen hatte. Uns lief die Zeit davon. Wir hatten so viel nachzuholen, und ich dachte immer noch verzweifelt daran, wie ich es anstellen sollte, dass der Patenonkel wieder zu meiner Mutter fand.

Der Kellner hatte uns taufrische und köstlich

zubereitete Seezungen serviert, und ich brachte meine nur mit Mühe hinunter. Aber auch der Patenonkel ließ seinen Fisch nahezu unberührt zurückgehen.

„Hat es Herrn Doktor nicht geschmeckt?", fragte der Kellner besorgt.

„Das Essen war wie immer vorzüglich, aber der Magen will nicht mehr so."

Ich erschrak über seine Aussage. Was würde aus Mutti werden, wenn er stürbe, bevor sie sich mit ihm versöhnte?

Meine düsteren Gedanken wurden durch den Nachtisch in den Hintergrund gedrängt. Der Kellner brachte mir einen riesigen, goldgelben Pfirsich, und noch bevor ich mich fragen konnte, wie ich ihn essen sollte, ohne einen Fauxpas zu begehen, zog er mit einem gekonnten Handgriff die Schale als Ganzes von ihm ab.

Ja, das war das Tavares, der fast erloschene Glanz des Bairro Alto, das einstmalige Nobelviertel Lissabons.

Wie durch ein Wunder kehrten die Lebensgeister meines Vaters nach dem Kaffee zurück. Seine Augen hatten wieder das alte Leuchten, als er mich nach meinem Schulabschluss fragte, der in wenigen Wochen bevorstand.

„Wann machst du die Aufnahmeprüfung für die Universität?", fragte er mich interessiert.

„Erst im Sommer, weshalb ich genug Zeit habe, um mich gründlich darauf vorzubereiten."

„Das dürfte für dich nicht allzu schwierig sein, zumal du die Naturwissenschaften schon abgewählt hast."

Ich antwortete nicht. Ich wollte mich nicht auf Diskussionen einlassen. Ärgerte mich mein Vater bewusst, oder hatte er immer noch nicht begriffen, dass ich nicht den portugiesischen Schulabschluss, sondern das deutsche Abitur machte? Zwei Jahre vorher hatte ich nur Physik und Chemie abwählen können, im Gegensatz zu den Kollegen auf portugiesischen Schulen, die sich, je nach der später einzuschlagenden Studienrichtung, für Naturwissenschaften oder Sprachen entscheiden mussten.

Glücklicherweise ließ mein Vater das Thema fallen und schob ein Päckchen über den Tisch zu mir herüber.

Überrascht blickte ich ihn an.

„Du hast bald Geburtstag", meinte er verlegen. "Hast du das vergessen?"

„Nein, natürlich nicht. Vielen Dank für deine Aufmerksamkeit, mit der ich nicht gerechnet habe", antwortete ich befangen und starrte auf das aufwendig verpackte und mit einer blauen Schleife verzierte Geschenk.

„Mach es auf. Wenn es dir nicht gefällt, kann ich es umtauschen", ermutigte mich der Patenonkel.

Umständlich knüpfte ich das Seidenband auf.

Der Patenonkel wurde ungeduldig, weshalb ich das Geschenkpapier aufriss. Schade, es war wunderschön und kostbar, und ich hätte es gerne für später aufbewahrt. Zum Vorschein kam eine weiße Kartonschachtel. Neugierig nahm ich den Deckel ab und schlug das Seidenpapier zurück. Es enthüllte eine kleine, elegante Abendtasche, deren Perlmuttplättchen den Schein des Kronleuchters tausendfach reflektierten.

Ungläubig starrte ich meinen Vater an. Er sah mich erwartungsvoll an. Ich ließ den goldenen Verschluss aufschnappen und traute meinen Augen nicht: Das Kunstwerk enthielt eine Puderdose, einen Halter für den Lippenstift und einen Kamm. Für mehr war darin kein Platz.

Ich machte meinen Mund auf und klappte ihn wieder zu, unfähig ein einziges Wort über die Lippen zu bringen.

„Sei nicht so bescheiden", missdeutete der Patenonkel meine Betroffenheit.

„Sie ist sehr schön", sagte ich matt und fragte mich, ob mein Vater mit der Abendtasche mir eine Freude hatte machen, oder mit dem für mich viel zu erwachsenen Accessoire, die Mutti erneut hatte demütigen wollen. Ich verwarf diese Gedanken sogleich. Was mich betraf hatte der Patenonkel nie einen gesunden Bezug zur Realität gehabt…und dennoch, die Vermutung lag nahe, dass er Mutti hatte kränken wollen. Schweigend bearbeitete ich den großen, goldgelben Pfirsich mit Messer und Gabel. Sein Fleisch war himmlisch. Es war die einzige Freude an diesem betrüblichen Abend.

Es kostete mich einiges an Überwindung, den Patenonkel beim Abschied zu umarmen und ihm nochmals für die hübsche Abendtasche zu danken. Aber er schien meine Betroffenheit nicht zu bemerken und schickte meiner Mutter sogar einen Gruß.

Während der Heimfahrt wurde ich von den

widersprüchlisten Gefühlen heimgesucht: Hatte ich dem Patenonkel Unrecht getan, indem ich ihn bezichtigte, mich zum Werkzeug seiner Rache zu machen? Gleichzeitig empfand ich zum ersten Mal Groll gegen meine Mutter. Warum musste sie mir immer leidtun? Sie war es gewesen, die ihr Leben verbockt hatte, nicht ich. Aber kaum hatte ich diesen Gedanken zu Ende gedacht, überkamen mich auch schon schwere Schuldgefühle. Wie konnte ich Mutti gegenüber so herzlos empfinden? Ganz allein während des Krieges in Portugal, wo es von Spionen, Taugenichts und Opportunisten gewimmelt hatte, war es für sie sicherlich nicht leicht gewesen, sich zu behaupten. Und hatte sie nicht stets versucht, mir die Sterne vom Himmel zu holen? Dennoch hatte sie kein Recht, mich als Vermittlerin zu küren. Hier ging es nicht um Politik und ich war kein Lobbyist.

Als ich in der Rua António Patrício aus dem Taxi stieg, war ich dermaßen aufgewühlt, dass ich nur noch zu Bett gehen wollte. Umso mehr ärgerte ich mich über meine Mutter, die mich an der Wohnungstür erwartungsvoll begrüßte: „Na wie war es?", fragte sie neugierig.

Angesichts der Umstände nervte mich ihre in meinen Augen törichte Frage. „Gar nicht war es", entgegnete ich mürrisch.

„Was ist geschehen?", drängte Mutti, ohne zu ahnen, dass sie mir mit ihren Fragen stark zusetzte. Ich verspürte wieder Groll in mir aufsteigen, nur dass er jetzt noch stärker war als zuvor im Taxi.

Bis zu jenem Abend hatte ich mich bemüht meiner Situation und der Handlungsweise der Erwachsenen etwas Entschuldbares abzugewinnen. Ich schämte mich, keinen Vater zu haben und mehr noch schämte ich mich, nichts über ihn zu wissen. Der Anblick des Aufgangs in unserem Haus machte mich noch immer verlegen, obwohl ich auch dafür ein gewisses Verständnis aufgebracht hatte. Nach dem Essen mit dem Patenonkel und Muttis naiven Erwartungen an das Geschick meiner Person begann die bis anhin brave und angepasste Tochter endlich an dem Glas der Haube zu ritzen und selbständige Auffassungen zu entwickeln. Immer heftiger kratzte ich, und als das Glas endlich barst, begriff ich, dass ich ein Anrecht hatte, auf Mutti und die Großeltern wütend zu sein. Sie alle hatten ein

Lügenkastell aufgebaut, mich darin eingesperrt und meinen Vater totgeschwiegen. Dass sie mit ihrem Verhalten mein Selbstwertgefühl vernichtet und mich für ihre Fehler hatten büßen lassen, hatten sie leider nicht in Betracht gezogen.

„Nun sag endlich, was vorgefallen ist?", fragte Mutti bestürzt.

„Lass mich mit deinen Fragen zufrieden. Ich hab' keinen Bock, den Abend aufzuwärmen", antwortete ich aufgebracht und ging in mein Zimmer.

Noch heute tut mir mein damaliges Verhalten leid. Unbewusst ließ ich sie unvorbereitet im Regen stehen, aber sie hatte es mit mir genauso gemacht, als ich sie fragte, ob der Patenonkel mein Vater sei.

15. KAPITEL – ENTHÜLLUNGEN

Meine Wut ebbte dennoch schnell ab, und ich verfiel in die altbekannte Rolle der braven und fügsamen Tochter, die sich bemühte, die zerbrochene Glashaube mit Sekundenkleber zu kitten. Als Einzelkind war es für mich nicht möglich, die von den Erwachsenen konstruierte Welt zu verändern. *Wären wir zu zweit oder gar zu dritt gewesen, hätte uns das gemeinsame Schicksal zu Verbündeten gemacht, die zusammen die Kraft und den Mut gehabt hätten, die Normalität dieser Welt aufzubrechen, den Schleier wegzureißen und die Dinge in ihrem eigenen, andersartigen Licht aufscheinen zu lassen.*

Es gab aber nur mich. Ich hatte keine Mitstreiter und machte deshalb in gewohnter Weise weiter wie bis anhin. Und als zwei Wochen später der Patenonkel wieder anrief, nahm ich seine Einladung für den kommenden Sonntag dankend an. Die Befremdung über die Abendtasche saß mir noch immer tief in den Knochen. Ich hatte jedoch nicht vergessen, dass Belim anlässlich unseres letzten Treffens Mutti hatte grüßen lassen. Diese letzte Chance, eine Versöhnung zwischen meinen Eltern trotz schwierigster Umstände herbeizuführen, wollte ich mir nicht entgehen lassen. Ich hatte Mutti versprochen, alles zu unternehmen, um eine Annährung zu ermöglichen, und dieses Versprechen wollte ich halten. Schweren Herzens bestieg ich das Taxi, das mich ins Bairro Alto fuhr und vor dem Tavares absetzte. Zu meinem Erstaunen erwartete mich der Patenonkel nicht im Restaurant, sondern auf der Straße vor dem Eingang des Lokals. Er war aufgeweckter als bei unserem letzten Treffen, und die paar Schritte ins Innere des Restaurants und zu unserem Tisch im Speisesaal legte er leichtfüßig zurück. Als wir uns gegenübersaßen bemerkte ich im Licht des Kronleuchters, dass seine Wangen nicht mehr eingefallen waren und seine Augen den Glanz früherer Zeiten zurückgewonnen hatten. Er war von besonderer Herzlichkeit, weshalb ich den Mut aufbrachte, das jahrzehntelange Versteckspiel zu beenden und die Karten offen auf den Tisch zu legen.

„Erzähl mir ein wenig von deinen Plänen, was willst du studieren, nachdem du die Aufnahmeprüfung an die Universität bestanden hast?"

Ich hatte meinem Vater noch immer nicht klarmachen können, dass ich das deutsche Abitur machte und somit keine Aufnahmeprüfung für die Hochschule ablegen musste, aber ich ließ es dabei bewenden. Stattdessen nahm ich all meinen Mut zusammen, schaute ihm fest in die Augen und antwortete: „Gern, Vater."

Belim fuhr zusammen, als hätte nicht ich, sondern ein überirdisches Wesen zu ihm gesprochen. Er schaute mich lange und betreten an, unfähig ein Wort herauszubringen. Ich hielt den Atem an und spürte, wie sein Schweigen sich wie eine unüberwindbare Mauer zwischen uns auftürmte. Es war zu Ende, sagte ich mir. Es war ein Fehler gewesen, die unsichtbare aber mir deutlich auferlegte Grenze zu überschreiten. Die Sekunden tickten vorbei und wurden zu Minuten, als ganz langsam die Hand meines Vaters sich zu mir herüberschob. Ohne dass ich es bemerkte, lösten sich auch meine Finger aus ihrer Verkrampfung, tasteten sich vorwärts, bis unsere eiskalten Hände in der Mitte des Tisches in einer zunächst behutsamen und dann festen Umklammerung zueinander fanden. Ermutigt durch seine filigrane Akzeptanz, ergriff ich nun auch seine andere Hand. Ein leichter Gegendruck ließ uns in diesem flüchtigen Augenblick zu Verbündeten werden, die das Wissen um den anderen mit einem Händedruck besiegelten. Ich sprach ihn nur dieses eine Mal mit Vater an. Es genügte mir jedoch. Ich wusste nun, wer mein Vater war. Ich wusste, dass er mich auf seine für Portugal typisch reservierte und distanzierte Art liebte, und dass er in all den Jahren mein Heranwachsen begleitet hatte.

Mit dem Eintreffen der bestellten Speisen verflog der Zauber der vergangenen Minuten, während denen ich zum allerersten Mal die ersehnte Vater-Tochter-Beziehung ausgelebt hatte.

Nachdem der Kellner gegangen war, hüstelte der Patenonkel verlegen, während er mit dem Handrücken sich verstohlen über die tränennassen Augen fuhr.

Endlich hatte er seine Stimme wieder in der Gewalt: „Erzähl mir, was du nach der Schule vorhast."

„Ich möchte in der Schweiz den Dolmetscher für Deutsch, Portugiesisch und Englisch machen. Hier in Portugal gibt es diese Ausbildung nicht, und ich möchte simultan übersetzen lernen, du weißt schon bei wichtigen Konferenzen in einer Kabine sitzen, Kopfhörer aufsetzen und die Reden wichtiger Staatsmänner übersetzen."

„Das ist bei deiner außerordentlichen Sprachbegabung sinnvoll", gab er zur Antwort und tätschelte liebevoll meine Hand.

„Ja, aber Mutti wird nach meinem Weggang sehr einsam sein".

Ich schaute ihn erwartungsvoll an.

„Das ist der Lauf der Dinge, dagegen kann man nichts machen", entgegnete er steif.

„Könnt ihr euch nicht versöhnen?", entfuhr es mir. „Ihr seid doch beide allein!"

Während banger Minuten hielt der Patenonkel seinen Blick gesenkt und malte mit dem Nagel seines rechten Zeigefingers konzentrische Kreise in das gestärkte Tischtuch. Ich nahm an, dass er meine Frage nicht gehört hatte und hub an, sie zu wiederholen, als er ruckartig den Kopf hob und mich aus seinen großen schwarzen Augen böse anfunkelte: „Wenn du glaubst, dass ich mit deiner Mutter jemals Frieden schließen werde, täuschst du dich gewaltig, und lass es dir ein für alle Mal gesagt sein, deine Mutter wäre die letzte, die ich heiraten würde."

Hätte mein Vater mir eine Ohrfeige verpasst,

er hätte mich nicht heftiger treffen können. Eine flammende Röte überzog meine Wangen. Ich durfte mich wieder schämen, so wie ich es schon immer getan hatte. In meines Vaters Augen heiratete man so jemanden wie Mutti nicht. Seine abfällige Aussage machte mir unmissverständlich klar, dass die Scham über meine Familienverhältnisse berechtigt war und ich in Lissabon stets eine Außenseiterin bleiben würde.

„Möchtest du einen Nachtisch"? versuchte der Patenonkel einzulenken.

„Nein danke", erwiderte ich gebrochen. „Ich möchte nach Hause.

Das Taxi ließ auf sich warten. Der Patenonkel hatte darauf bestanden, mit mir vor dem Lokal auf seine Ankunft zu warten. Ich zog meine Jacke fester um mich, um den kalten Wind abzuwehren, und auch Belim fror in seinem dünnen Anzug. Ich bat ihn zu gehen, aber er blieb, seinen nachdenklichen Blick auf die Straße geheftet. Er erblickte das Taxi. als erster, trat einen Schritt auf mich zu und umarmte mich steif. Er öffnete mir den Wagenschlag, aber noch bevor ich einstieg, drückte er mir einen Umschlag in die Hand:

„Leb wohl, meine Liebe und pass gut auf das Couvert auf. Die Ratschläge eines alten Mannes werden dir sicherlich von Nutzen sein."

Ich verstaute den dicken Umschlag in meiner Tasche, drückte ihm einen flüchtigen Kuss auf die Wange und bestieg das wartende Taxi.

Meine Gedanken bewegten sich auf einem immer schneller rotierenden Kreis, der sie aus der Bahn zu werfen drohte. Ich fürchtete mich vor der Begegnung mit Mutti, die schon ungeduldig auf mich wartete. Wir gingen in die Bibliothek. Mutti nahm auf dem Sessel neben dem Beistelltischchen Platz und sah mich erwartungsvoll an. Ich wusste nicht, wie ich beginnen sollte, nahm daher das Couvert aus meiner Tasche und knallte es auf den Tisch.

Mutti fuhr zusammen. Sie war von mir solch heftige Reaktion nicht gewohnt.

„Der Abend war wohl nicht besonders stimmungsvoll ", stellte sie nüchtern fest.

„Das ist er nie".

„Nein?"

„Das weißt du doch. Mit dem Patenonkel ist es immer eine sehr schwierige Angelegenheit. Ich habe mir das nur angetan, in der Hoffnung zwischen euch eine Versöhnung zu ermöglichen, aber diese Erwartung müssen wir uns definitiv abschminken."

Mutti schaute mich aus ihren schönen grünen Augen traurig an, und ich glaubte sogar, einen verdächtigen Glanz in ihnen zu entdecken, obgleich sie sich krampfhaft bemühte, ihre Fassung zu wahren.

Ich konnte ihr die Aussage des Patenonkels nicht Wort wörtlich wiederholen. Zu sehr hätte diese sie gekränkt, weshalb ich versuchte, die Wahrheit zu beschönigen: „Belim ist nach dem Tod seiner Frau schrullig geworden. Ich glaube, dass ihm der Verlust seiner Lebensgefährtin stark zugesetzt hat, und deshalb will er auch keine neue Bindung eingehen." Einmal mehr druckste ich herum, und bildete mir ein, dass das Verschleiern der Tatsachen nicht so verletzend war, wie das Aufzeigen der Realität.

Noch heute wirft mir meine Tochter vor, nicht authentisch zu sein. Wahrscheinlich hat sie recht, und ich muss endlich begreifen, dass ich auch im hohen Alter ein Recht auf meine eigenen Gefühle und Vorlieben habe und diese auch mit aller Deutlichkeit aussprechen darf.

Mutti hatte sich wieder gefangen: „Das erstaunt mich, denn zu Lebzeiten seiner Frau war die Beziehung zwischen ihnen doch sehr unterkühlt."

Wenn dem so war, verstand ich nicht, warum der Patenonkel einer Versöhnung so abgeneigt war und warum Mutti die letzte war, die er geheiratet hätte. Von meinem Standpunkt aus gelangte ich zu der einzig möglichen Schlussfolgerung: „Der Patenonkel hat dir gegenüber Gewissensbisse, weil er deine Ehe zerstört hat und erträgt es nicht, dich wiederzusehen", sagte ich zu Mutti, endlich zufrieden, eine einleuchtende Erklärung für sein merkwürdiges Verhalten gefunden zu haben.

Mutti starrte mich entgeistert an. Hatte ich etwas Falsches gesagt? Aber dann schlug sie sich mit der Hand vor die Stirn und lächelte: „Ja, von deiner Warte aus, konntest du natürlich zu keinem anderen Schluss kommen."

Ich verstand Bahnhof.

„Der Patenonkel hat meine Ehe nicht zerstört", sagte sie, und als sie meinen bestürzten Gesichtsausdruck bemerkte, fügte sie erklärend hinzu: „Als ich ihn kennenlernte, war ich nämlich noch gar nicht verheiratet."

Um mich herum begann sich alles zu drehen. Schwerfällig wankte ich zum Schreibtischstuhl und ließ mich verstört auf ihm nieder.

„In meinem Leben habe ich nur einen einzigen Mann geliebt, und dieser war dein Vater. Ich ließ mich mit ihm ein, obwohl ich wusste, dass er verheiratet war. Ich war damals 27 Jahre alt und wünschte mir glühend ein Kind. Mit den Männern hatte es bis zu diesem Zeitpunkt nicht geklappt. Diejenigen, die mich heiraten wollten, gefielen mir nicht. Álvaro hätte mir ein schönes Zuhause in São João do Estoril geboten, aber er war hässlich und roch aus dem Mund. Bobby, der gutaussehende Amerikaner, war mir zu unerfahren und der deutsche Kaufmann zu ungehobelt. Und dann lernte ich den Patenonkel kennen. Ich verliebte mich auf der Stelle in ihn und sah in ihm den perfekten Vater für das Kind, das ich unbedingt haben wollte. Er war gesund, sah gut aus, war gebildet und entstammte einer erstklassigen Familie."

„Aber den wichtigsten Schönheitsfehler hast du übersehen" unterbrach ich sie bissig.

„Ja vielleicht, aber wir haben diesen Makel behoben", fuhr Mutti fort, als ginge es nicht um mich, sondern um eine entfernte Bekannte.

„Als ich von Belim schwanger wurde, ging ich auf die Dreißig zu. Ich hätte nicht länger warten können, wollte ich Kinder bekommen. Der Patenonkel wollte sich aber nicht öffentlich zu uns bekennen. Seine Familie gehörte der Oberschicht an und hätte eine solche Schmach niemals geduldet. Dein Vater schlug vor, mir einen Ehemann zu suchen, denn du solltest nicht als uneheliches Kind zur Welt kommen."

„Wie äußerst rücksichtvoll von euch"!

Mutti entging mein Sarkasmus. „Es war nicht einfach jemanden zu finden, der sich auf unser Unterfangen einließ. Aber schließlich bescherte uns der Zufall einen Journalisten, der in Geldnöten steckte."

„Wieso in Geldnöten, war das so wichtig? „Aber natürlich. Umsonst hätte er es nicht getan. Er hat eine Menge Geld dafür verlangt."

„Aber…aber, dann ist der Name, den ich trage, ja gar nicht mein richtiger Name, sondern ein gekaufter…" stammelte ich erschüttert.

„Das ist doch nicht schlimm", entgegnete meine Mutter leichtfertigt. „Der Name, den du trägst, ist legitim, du bist im Geburtenregister auf diesen Namen eingetragen und hast einen rechtlichen Anspruch auf ihn."

„Aber ich habe keinerlei Beziehung zu ihm. Und euch bloßstellen darf ich nicht und muss wohl weihin gute Miene zum bösen Spiel machen, nicht wahr? Ich muss von einem Unbekannten weiterhin als meinem Vater sprechen, von dem ich nur weiß, dass er mir einen Namen und dir ein Gewissen verkauft hat. Ist dir, dem Patenonkel und den Großeltern bewusst, was ihr mir angetan habt?"

Mutti schwieg. Vielleicht wollte sie sich noch immer nicht mit den Konsequenzen ihres Handelns auseinandersetzen, vielleicht wusste sie aber auch nicht, was sie mir antworten sollte…"

„Wieso bist du geschieden?"

„Nach zwei Jahren haben wir uns offiziell scheiden lassen, das war von Anfang an die Abmachung gewesen."

„Und wo in Afrika lebt dieser Journalist?"

Mutti schaute mich für einen Moment lang verständnislos an, bis es ihr dämmerte: „Ach so, natürlich. Er lebt nicht in Afrika. Er lebt hier in

Lissabon."

Hätte ich mir träumen lassen, dass die Wahrheit von so viel Verschlagenheit erfüllt war, ich hätte niemals nach der Identität meines Vaters gesucht. Wie einfacher wäre es gewesen, den Kopf in den Sand zu stecken, als einem Trugbild nachzujagen.

„Warum hast du mir erzählt, mein Vater, alias der Journalist lebe in Afrika? Es wäre für mich einfacher gewesen, auf dem Formular eine vollständige Adresse in Lissabon anzugeben als nur Afrika.

„Das war nicht meine Idee", sagte Mutti.

„Sondern?", fragte ich gedehnt.

„Es war die Großmama, die auf die Idee kam, ihn nach Angola entschwinden zu lassen. Im fernen Afrika hätten Nachforschungen sich schwieriger gestaltet."

In diesem Augenblick begann ich, meine Großmutter zu verabscheuen.

„Ist es euch nie in den Sinn gekommen, dass ich den Mann, dessen Name ich trage, gerne hätte näher kennenlernen wollen?"

Mutti starrte mich verdutzt an. Ich aber konnte ihren Anblick und alles, wofür sie stand, nicht mehr ertragen. Ohne auch nur ein weiteres Wort zu verlieren, nahm ich den Umschlag und ging in mein Zimmer.

Ich zündete das Licht an und setzte mich an den Schreibtisch. Dann riss ich den Umschlag auf. Ich traute meinen Augen nicht, als ich das dicke Bündel ausländischer Geldscheine erblickte. Ungläubig ließ ich die Noten durch meine Finger gleiten. Dann begann ich zu zählen.

„Woher kommt das viele Geld?", fragte mich Mutti, deren zaghaftes Klopfen ich überhört hatte.

„Der Patenonkel hat es mir zugesteckt, als wir uns verabschiedeten. Er muss den Verstand verloren haben, mich mit so viel Geld, ein Taxi besteigen zu lassen. Ich kann seine Handlungsweise nicht verstehen."

„Ich schon", sagte Mutti traurig und starrte auf die vielen tausend Schweizerfranken Scheine in meiner Hand. „Das Geld ist als kleiner Ausgleich für dich gedacht, angesichts des grossen Hauses, dass er seinem sein Sohn, deinem Halbbruder, bereits überschrieben hat, aber ein Bankkonto wäre zu kompromittierend gewesen.

Deshalb das Bargeld. Anonyme Scheine stinken und reden nicht."

Mir schwirrte der Kopf. Ich bat Mutti, mich allein zu lassen. Langsam zog ich mich aus. Ich konnte die ungeheuerlichen Enthüllungen nicht fassen und noch viel weniger sie nachvollziehen.

Als ich im Bett lag und versuchte, die Geschehnisse einzuordnen, kam Mutti noch einmal in mein Zimmer und setzte sich zu mir auf die Bettkante.

„Verurteile nicht mein Handeln", versuchte sie sich zu rechtfertigen. „Wäre Hitler nicht an die Macht gekommen, wäre alles anders gekommen. Ich hätte in Deutschland bleiben und dort auch heiraten können. Als Halbjüdin fiel ich unter die Nürnberger Gesetze und musste fort. Deshalb schickten mich die Großeltern nach Portugal. Die portugiesische Gesellschaft ist jedoch, wie du es selbst erlebt hast, eine sehr geschlossene, zu der ein junges deutsches Mädchen ohne den Rahmen eines kultivierten Elternhauses keinen Zutritt erhält. Sollte ich deshalb aber allein bleiben, oder einen Mann heiraten, den ich nicht liebte und mit dem ich todunglücklich geworden wäre?"

Ich gab darauf keine Antwort.

„Aber ich bereue nichts", fuhr Mutti heftig fort, „und ich würde alles noch einmal so machen, hätte ich dazu Gelegenheit. Du bist genau das Kind, das ich mir so sehnlichst gewünscht habe und das meinem Leben einen Sinn gibt."

Sie liebte mich abgöttisch, und ich war ihr dankbar für ihre aufopfernde Liebe. Dennoch konnte ich sie an diesem Abend nicht in gleicher Weise erwidern, wie sie es sich erhoffte. Zu sehr beschäftigte mich die Frage, ob ihr jemals bewusst geworden war, was ihre Eigennützigkeit bei mir angerichtet hatte.

Mutti weinte jetzt hemmungslos und versuchte, mich zu umarmen. Sie dürstete nach meinem Verständnis, meiner Vergebung. Sie tat mir entsetzlich leid und ich drückte sie fest an mich. Mutti war erleichtert, und ich war erleichtert, dass es mir gelungen war, sie zu beschwichtigen. Ich wollte die Beziehung zu ihr nicht zerstören. Für mich war sie trotz allem noch meine Mutter.

Ich erinnerte mich an die Sonntage in Estoril, an unsere gemeinsamen Besuche im Zoo und an die in Butter getränkten Toaststbrotstreifchen, die wir in dem gemütlichen Restaurant mit dem abgetretenen Sisalteppich heißhungrig verschlungen hatten. Ich wollte die Zeit zurückdrehen und noch einmal unsere durch nichts getrübte Zweisamkeit durchleben. Damals als unser Leben noch authentisch war, oder vielmehr authentisch zu sein schien. Für Mutti war ich der Mittelpunkt ihres Lebens. Ich durfte sie nicht enttäuschen, aber ich musste mich von dieser Bürde befreien, mich von ihrer Erwartungshaltung abnabeln, wollte ich endlich mein eigenes Leben leben. Diese Erinnerungen musste ich vorläufig begraben. Später würde ich sie vielleicht wieder aus der Versenkung hervorholen, mich nur an sie erinnern und alles andere vergessen. Aber die Lügen, die widersprüchlichen Aussagen machten es mir schwer. Ich hatte geglaubt, dass ihre letzten Enthüllungen über den Journalisten, der mir seinen Namen verkauft hatte, damit ich nicht als uneheliches Kind aufwuchs, das Lügenkastell zum Einstürzen gebracht hatten. Wie erstaunt und erschüttert war ich jedoch, als ich nach ihrem Tod ihren Nachlass ordnete und zwei identische Geburtsurkunden fand, nur mit dem kleinen Unterschied, dass ich auf der einen als unehelich und auf der anderen als ehelich aufgeführt bin.

16. KAPITEL – AUS MUTTI WIRD MAMA

Im Sommer machte ich Abitur, und Anfang Herbst zog ich nach Zürich, um an der Dolmetscherschule mein Studium zu beginnen. Der Abschied von Mutti fiel mir leichter als gedacht: Oskar Kirschbaum, ein alter Bekannter meiner Mutter hatte vor einigen Wochen angefangen, mehr als nur freundschaftliche Gefühle für sie zu entwickeln, die sie erstaunlicherweise erwiderte. Erstaunlich, weil sie bis anhin Oskar immer sehr unattraktiv und seine großen, linkischen Hände abstoßend gefunden hatte. Aber nachdem der Patenonkel nichts mehr von sich hatte hören lassen, hatte sie die Angst vor dem Alleinsein wohl in Oskars Arme getrieben. Und er hatte gegenüber Belim den einen großen Vorteil: Er war Deutscher, in ähnlichen Verhältnissen groß geworden und entsprang dem gleichen Kulturkreis. Dass er Jude war und ebenfalls aus Deutschland emigrieren musste, war ein weiterer Verbindungspunkt.

Vor meiner Abreise in die Schweiz hatte ich meine-Mutter gebeten, in einem Studentenheim wohnen zu dürfen. Ich war 18 Jahre alt, und sehnte mich danach, meine Fühler in einem unbelasteten Umfeld auszustrecken.

Aber Mutti wollte unbedingt, dass ich bei der Großmama wohnte. Nach Großpapas Tod war sich nach Zürich gezogen war, wo sie den einen oder anderen Bekannten hatte.

„Das kannst Du Großmamächen nicht antun. Ihre Wohnung in Zürich Höngg ist sehr hübsch und bietet genügend Platz für euch beide. Ich kann dir nur vierhundert Franken im Monat schicken. Für das Studentenheim ist das zu wenig. Die Hälfte gibst du Großmama ab. Das hilft ihr, die Miete zu bestreiten. Von dem Rest musst du Fahrgeld und auswärtiges Essen bezahlen, aber es sollte immer noch für kleine Extras reichen."

Trotz meiner Abneigung gegen die Großmama – ich hatte ihr die Verbannung meines Namensgebers nach Afrika nicht verziehen – ließ ich mich breitschlagen und zog zu ihr nach Höngg und in die erweiterte Glashaube. Ich tat es für Mutti, und anfangs funktionierte unsere Beziehung recht gut. Schon bald aber begann die Großmama, mich zu ihrem Lebensinhalt zu machen. Wie auch schon zu Großpapas Lebzeiten im Tessin, war meine Großmutter auch in Zürich recht einsam. Für ihre Enkeltochter zu kochen, einzukaufen, und sich um sie zu sorgen, wenn sie sich verspätete oder länger fortblieb, wurde schnell zu ihrer Hauptbeschäftigung. Ich konnte mich des Gefühls nicht erwehren, den Film schon einmal gesehen zu haben.

An der Dolmetscherschule freundete ich mich mit Karin an. Sie war eine lebhafte, brasilianische Kommilitonin, die mich eines Tages an eine Party im brasilianischen Klub in Zürich mitnahm.

Der Abend dümpelte vor sich hin, als plötzlich helle Aufregung unter den Anwesenden ausbrach: der vor fünf Tagen nach Brasilien zurückgegangene Georg Frischknecht betrat lachend den Raum und mischte sich unter die Gäste, die ihn mit Fragen bestürmten: Warum er nicht in Brasilien geblieben sei, wo es ihm doch in der Schweiz nicht gefallen habe, warum er dennoch nach nur fünf Tagen wieder nach Zürich zurückgekehrt sei und was er in den wenigen Tagen in Recife, seinem Heimatort gemacht habe. Der in einer viel zu weiten dunkelbraunen Lederjacke steckende Neuankömmling, dessen Beine in königsblauen Röhrenhosen steckten, erweckte meine Neugier. Was war das für ein bizarrer Kauz, der den Mittelpunkt der Gäste bildete?

Ich ging auf ihn zu: „Sind Sie beim Film?"

Meine Frage schien ihm zu schmeicheln: „Wie kommen Sie darauf?"

Seine grauen Augen zwinkerten belustigt.

„Auch nicht Mitarbeiter einer Airline?"

„Nein, warum?"

„Nun ja, soviel ich weiß, kostet ein Flugticket nach Brasilien mehrere tausend Franken, und Sie sind in weniger als einer Woche gleich drei Mal über den Südatlantik geflogen. Wer sich das leisten kann, muss jemand Besonderes sein."

Georg schenkte mir ein betörendes Lächeln, drückte mir einen flüchtigen Kuss auf meine jungfräulichen Lippen und verschwand aus dem Saal.

Mir kam Muttis Abendgesellschaft in den Sinn. Ich erinnerte mich an die Erzählungen des Admirals über Brasilien und dass die Unbeschwertheit seiner Menschen ihn begeistert hatte.

Ich hatte mit Georg nur ein paar Worte gewechselt, aber in seinen komischen königsblauen Hochwasserhosen hatte er eine Unbekümmertheit an den Tag gelegt, die ich mir für mich selbst gewünscht hätte. Meinen verzwickten Familienverhältnissen wäre in Brasilien höchst wahrscheinlich keine große Bedeutung beigemessen worden, aber in Portugal?...

Nachdenklich fuhr ich nach Hause, wo die Großmama schon sorgenvoll auf mich wartete. Nach dem unbeschwerten Abend mit den vielen Brasilianern und Georg, kam mir meine Bleibe in Höngg plötzlich, wie ein Gefängnis vor, aus dem zu fliehen mir aber der Mut fehlte. Ich hatte wohl Freigang zur Ausübung meines Studiums, wurde aber von der ängstlichen und argwöhnischen Großmama streng bewacht. Zudem hatte sich unser angespanntes Verhältnis vor einigen Tagen nochmals stark abgekühlt.

Den Ratschlag meiner Mutter befolgend, wonach eine Frau nicht früh genug mit dem Auftragen einer Gesichtscrème anfangen kann, hatte ich mir von meinen knapp bemessenen 200 Franken die Tagescrème von «Lancôme Bienfait du Matin» abgespart. Ich trug sie spärlich auf, im

Bestreben, sie möglichst lange anhalten zu lassen. Das kostbare Töpfchen deponierte ich auf der Glasablage im Badezimmer. Nach zwei Wochen fiel mir auf, dass der Behälter bereits halb leer war, was mich sehr verwunderte, trug ich die Crème doch lediglich in kleinsten Mengen auf.

Ich fing an, den Inhalt genau zu begutachten. Er wurde von Tag zu Tag deutlich weniger. Ich verdächtigte die Großmama, sich an meiner Crème ebenfalls zu bedienen. Ich wusste, dass sie mit Geld nicht gut umgehen konnte und trotz der nicht gerade üppigen, aber dennoch ausreichenden, regelmäßig eintreffenden Pension des Großpapas am Monatsende immer in argen Geldnöten steckte. Ich hatte nicht den Mut, ihr zu sagen, dass sie sich unerlaubterweise an meiner Crème zu schaffen machte. Das hätte sie gekränkt. Aber ich wollte ihr zeigen, dass ich sie durchschaut hatte. Aus diesem Grunde nahm ich das Töpfchen aus dem Badezimmer und stellte es auf die Kommode in meinem Zimmer.

Als ich tags darauf aus der Dolmetscherschule nachhause kam, stand neben meiner alten Crème ein neues noch versiegeltes Töpfchen Bienfait du

Matin. Großmama war über mein Verhalten schwer verärgert. Was denn in mich gefahren sei, die Crème vor ihr zu verstecken und ihr den Inhalt vorzuenthalten. Ich versuchte ihr klarzumachen, dass es mir nicht um die Crème gegangen sei. Vielmehr hatte es mich geärgert, dass sie mich nicht gefragt hatte, ob sie sie mitbenutzen durfte. Für mich war es eine Frage des Anstands. Ich war achtzehn und verdiente ihren Respekt. Sie verstand meine Einwände nicht, und ich war zu feige, ihr zu sagen, dass ich nicht länger bereit war, über Scheinheiligkeiten hinwegzusehen.

Und dann rief eines Abends Georg ein und lud mich zu einer Spazierfahrt am kommenden Sonntag ein. „Wer ist das"? wollte die Großmama wissen. „Woher kennst du ihn?"

„Ein Studienkollege", log ich.

Georg holte mich in einem roten Mini ab. Das Auto gefiel der Großmama, doch bevor sie weitere Fragen stellte, drückte ich ihr einen flüchtigen Kuss auf die Stirn und verließ eilig das Haus.

Ich wusste nichts über Georg, nur gerade einmal, dass er aus dem Nordosten Brasiliens kam. Im Laufe des Tages erzählte er mir von seiner ausgelassenen Jugend, den harmlosen und weniger harmlosen Streichen, die er und seine Freunde begangen hatten, von den unzähligen, geschwänzten Schulstunden am Strand und den rauschenden Festen, die sein Vater auf der ehemaligen Farm veranstaltet hatte.

Ich kam aus dem Staunen nicht heraus, und plötzlich wurde Brasilien für mich zum gelobten Land. Georg gefiel meine Unerfahrenheit, meine Bravheit und meine Gefügigkeit, die er damals schon erahnte. Im Gegenzug faszinierte mich die Intensität und Unbekümmertheit, mit der er sein Leben auskostete. Als er bei Mutti um meine Hand anhielt, war sie entsetzt. Sie hatte gehofft, dass ich in Zürichs Universitätskreisen einen zu meiner Herkunft passenden Akademiker kennenlernen und heiraten würde. Ich könne doch warten, bis mir der Richtige über den Weg laufe, aber ich wollte nicht warten. Ich wollte so schnell wie möglich Frau Frischknecht werden und meinen verhassten Nachnahmen, mit dem so viele schmerzhafte Erinnerungen verknüpft waren, ablegen.

Der arme Georg versäumte es leider, bei meiner Mutter die Chance für einen vorteilhaften ersten Eindruck wahrzunehmen. Stolz erzählte er ihr, dass er achtzehn Mal wegen Fahrens ohne Führerschein festgenommen worden und nur dank der Beziehungen seines Vaters einem Verfahren entkommen war. Die Tatsache, dass dieser Schweizer Konsul in Brasilien und ein angesehener Mann war, trug nichts zu ihrem Wohlwollen bei. Mutti war nicht bereit, ihm eine zweite Chance einzuräumen. Auch nicht als er die Ausbildung zum Elektrotechniker erfolgreich bestand. Sie knüpfte an meinen zukünftigen Mann die gleichen Erwartungen wie an ihre folgsame Tochter. Und Georg war ihr zu wenig. Das machte sie ihm unmissverständlich mit ihrer hochmütigen Zustimmung auf seinen Antrag klar: „Wenn es unbedingt sein muss". Spätestens zu jenem Zeitpunkt, hätte ich mich von meiner Mutter distanzieren müssen, wollte ich mein eigenes Leben erfolgreich bestehen. Aber ich war noch immer nicht bereit dazu. In meinem Innern gab ich Georg die Schuld, dass er seinen ersten Eindruck bei meinem geliebten Müttchen vermasselt hatte, eine gefährliche Einstellung für eine solide Beziehung. Naiv wie ich war, glaubte ich, dass die Abneigung meiner Mutter gegen Georg sich im Laufe der Zeit geben würde und ich zwei Herren gleichzeitig dienen könne. Oh, wie leichtgläubig von mir. Mutti hatte die Bande zu mir zu fest geknüpft. Selbst nach ihrer Heirat mit Oskar war ich weiterhin der Mittelpunkt ihres Lebens. Die Glashaube, in der sie mich hatte aufwachsen lassen, stülpte sie auch über die Stadt São Paulo, wohin wir nach Georgs Abschluss zogen.

Für mich waren die zirka achttausend Kilometer, die ich zwischen mich und meine Mutter legte, der ultimative Liebesbeweis, den ich meinem Mann entgegenbrachte. Georg hingegen spürte, dass im fernen Brasilien Mutti für mich noch immer den gleichen Stellenwert einnahm wie zuvor in der Schweiz. Er hatte recht, aber ich wollte mir dessen nicht bewusstwerden, auch dann nicht, als Mutti anfing zwei Arten von Briefe an mich zu schreiben. Das eine sehr persönliche und nur für mich bestimmte Schreiben schickte sie an die Handelskammer, in der ich tätig war. Das andere, welches mehrheitlich Platituden und Berichte über Freunde und Bekannte enthielt, adressierte sie nach Hause.

Georg ließ sich durch diese Farce nicht täuschen, wahrscheinlich deshalb nicht, weil ich die

Briefe an uns nachhause nur mit mäßigem Interesse überflog, um sie ihm gleich danach in einer
Alibiübung hinzustrecken.

In Brasilien eroberte ich schnell die Herzen seiner Freunde, die mir bei der Eingewöhnung in
einem fremden Land behilflich waren. Sie bewunderten meine Sprachkenntnisse, meine Herkunft aus dem alten Europa und nicht zuletzt
meine Liebenswürdigkeit, die nichts anderes
war als das Herantasten an eine Gesellschaft,
von der ich unbedingt akzeptiert werden wollte.

Das langsam wirkende Gift der Eifersucht
trieb einen Keil zwischen Georg und mir, und
unser Verhältnis kühlte merklich ab. Dennoch
sollte unsere Ehe dreißig Jahre lang halten.

Vieles wäre vielleicht anders gekommen, hätte
Georg sich mir gegenüber liebevoller verhalten.
Stattdessen drückte er seine Frustration in Dis-
tanz aus und ermöglichte es meiner Mutter, das
Band um die geliebte Tochter noch enger festzu-
zurren.

Die Tatsache, dass Georg für mein Heimatland
nichts übrighatte und verletzende Witze über die
Dummheit der Portugiesen riss, schmerzte mich

zutiefst. Aber statt auf mein geliebtes Portugal stolz zu sein, begann ich es zu verachten und passte mich immer weiter den brasilianischen Gepflogenheiten an. Innert weniger Monate sprach ich wie eine gebürtige Brasilianerin und verdrängte alles, was mich mit Portugal in Verbindung brachte. Die Geburten unserer Kinder trugen dazu bei, dass Georg und ich uns wieder näherkamen. Obwohl wir eine Hausangestellte hatten, stellte die Betreuung der Kinder und die Eingewöhnung in ein fremdes Land eine große Herausforderung dar, weshalb die Figur meiner Mutter zeitweilig in den Hintergrund rückte.

Als Oskar starb, besuchte uns Mutti in São Paulo. Ich freute mich riesig, nicht nur weil ich nach zwei Jahren mein geliebtes Müttchen endlich wiedersah, sondern weil sie in ihrem Gepäck auch ein Stückchen des Kontinents mitbrachte, in dem ich aufgewachsen war und nach dem ich mich in Sehnsucht verzehrte.

Eines Abends, wir saßen alle zusammen am Abendbrottisch, legte meine Mutter ein Verhalten an den Tag, das mich aufwühlte und endlich den Auftakt für meine schleichende Ablösung von ihr gab.

Die kleine Ballettschule am Ende der Straße war am Nachmittag überfallen worden. Mutti hatte meine Tochter zum Unterricht begleiten wollen. Obgleich es in Strömen regnete, wollte Elena ihre Tanzschuhe unbedingt zu Hause anziehen. Mutti hatte ihr klarzumachen versucht, dass der Regen die nur geklebten Sohlen ablösen würde. Darüber war zwischen Großmutter und Enkeltochter ein heftiger Streit entbrannt, der dazu führte, dass Elena zu spät zum Tanzunterricht kam und mit meiner Mutter vor einer verschlossenen Tür stand. Verbrecher waren in die Schule eingedrungen und hatten die Lehrerin zusammen mit ihren Eleven in den Waschraum gesperrt.

„Gott sei Dank ist Elena nichts passiert. Aber weiß man schon, was mit den anderen Kindern und der Lehrerin geschehen ist? Haben sie den Überfall schadlos überlebt?", fragte mein Mann besorgt.

„Nachdem kein Geld in der Kasse war, haben die Banditen Kinder und Lehrerin freigelassen und sind geflüchtet", antwortete Mutti, wobei sie ihren Blick nur auf mich richtete. Georgs Anwesenheit betrachtete sie als nicht existent.

So ging es den lieben langen Abend weiter, bis es Georg zu bunt wurde. Er murmelte etwas von Kopfschmerzen und verzog sich ins Schlafzimmer. Ich schaute meine Mutter befremdet an, und sie erwiderte meinen Blick mit einem verständnislosen Ausdruck im Gesicht. Offensichtlich war sie sich keiner Schuld bewusst.

Ich aber erinnerte mich zu jener Stunde an die unzähligen vergangenen Abendessen zu dritt, während denen für Mutti nur ich als Gesprächspartnerin existierte. Ich war der Mittelpunkt ihres Lebens, mein Umfeld interessierte sie nur am Rand.

„Mutti, kannst du bitte Georg das nächste Mal ebenfalls in die Unterhaltung einbeziehen? Du siehst immer nur mich an, und das kränkt ihn."

„Aber das tue ich doch gar nicht", entgegnete meine Mutter entrüstet.

Es war zwecklos. Entweder war sie sich ihrer Handlungsweise tatsächlich nicht bewusst, oder sie war nicht gewillt, Kompromisse einzugehen. Ich jedoch musste handeln. Ich wollte nicht länger der Mittelpunkt ihres Lebens sein. Ich hatte ein Anrecht auf ein eigenes, unabhängiges

Leben. Zu lange hatte ich mich allen angepasst, jetzt war es an der Zeit, den ersten zaghaften Schritt zu wagen.

Von da an, war meine Mutter für mich nicht mehr «Müttchen», sondern nur noch Mama".

Ich weiß noch wie heute, wie ich ihr gegenüber zum ersten Mal das Wort „Mama" in den Mund nahm. Sie zuckte verletzt zusammen. Aber sie fragte nicht, warum ich nicht mehr Mutti zu ihr sagte. Vielleicht ahnte sie, was in mir vorging.

Der Gebrauch des kleinen Wörtchens «Mama» half mir, meine Beziehung zu meiner Mutter zu verändern, sie alltäglicher, pragmatischer, erträglicher zu gestalten.

Mama hingegen litt unter der von mir auferlegten Distanz. Sie verstand nicht, weshalb ich zu ihr auf Abstand ging, auch wenn diese Distanz lediglich durch vier Buchstaben verdeutlicht wurde.

Mamas Abreisetag kam dennoch viel zu schnell. Am Flughafen fiel es mir schwer, mich nicht in ihre Arme zu werfen, sie nicht anzuflehen zu bleiben, aber ich musste an mein Selbst denken, an Georg und an die Kinder.

Ich entließ Mama mit einem fast unerträglichen Schmerz im Gepäck, aber für mich gab es kein Zurück. Ich musste mich vor ihrer vereinnahmenden Liebe schützen, wollte ich endlich erwachsen werden.

Und trotzdem, als ich Mama durch die Zollabfertigung zum Gate gehen sah, rollten dicke Tränen über mein Gesicht.

17. KAPITEL - EIN TRAUM ZERRINNT

Nach einem ersten desaströsen Jahr ohne gültige Papiere - Georg weigerte sich, die Dienste eines Despachante, eines Behördenabwicklers in Anspruch zu nehmen - lebte ich mich in São Paulo recht gut ein. In Europa war ich vor diesem alles verschlingendem Moloch mit seinen zwölf Millionen Einwohnern gewarnt worden, und Mama hatte mich inständig gebeten, vor den Verbrechern, die in der Millionenstadt ihr Unwesen trieben, auf der Hut zu sein. Trotz dieser Schreckensszenarien habe ich während meines siebenjährigen Aufenthaltes in Brasilien nie Angst verspürt. Dabei half mir sicherlich mein Aussehen. Von kleiner Statur, mit dunklen Haaren und großen braunen Augen glich ich einer durchschnittlichen Brasilianerin, die für Diebe nicht von wesentlichem Interesse war.

São Paulo war tatsächlich ein Moloch, aber im Gengensatz zu Georg, empfand ich ihn nicht als solchen. Die gläsernen Hochhäuser mit ihren kleinen begrünten Vorgärten hatten etwas Einladendes, fast Gemütliches an sich, und die Straßen der Zona Sul erinnerten mich manchmal sogar an Lissabon, das ich glaubte, erfolgreich verdrängt zu haben.

Wie damals der Admiral, von dem ich zum ersten Mal etwas über Brasilien erfuhr, wurde auch ich sogleich in den Bann der Brasilianer gezogen: sie waren fröhlich, herzlich, unkompliziert und scherten sich einen Deut um Konventionen. Meine Herkunft und meine Familienverhältnisse interessierten keinen Menschen. Und mit der Zeit begann ich mich zu häuten. Schicht um Schicht streifte ich Scham, Makel und Minderwertigkeitsgefühle ab, bis darunter endlich ein neues, wie ich meinte, passgerechtes und buntes Kleid zum Vorschein kam.

Anfang des dritten Jahres in Brasilien – ich verfügte nun endlich über eine gültige Aufenthaltsgenehmigung – fiel mir in der Zeitung ein unscheinbares Inserat auf, in dem eine Sekretärin mit Deutschkenntnissen gesucht wurde. Ich rief die angegebene Telefonnummer an, erklärte mein Anliegen und wurde gebeten, sofort vorbeizukommen. Trotz meines neu erworbenen Selbstbewusstseins war mir etwas mulmig zumute. Georg hatte mir verboten, auf das dreizeilige und sicherlich unseriöse Inserat zu antworten, und bis zu jenem Zeitpunkt hatte ich seine Anweisungen artig befolgt.

Aber ich wollte wieder arbeiten, finanziell unabhängig sein und Georg nicht um jeden Cruzeiro bitten müssen. Unsere fünfjährige Elena und der dreijährige Hans waren morgens im Kindergarten und am Nachmittag von der Hausangestellten liebevoll betreut, weshalb ich eine auswärtige Tätigkeit verantworten konnte.

Georg hatte keinen ausländischen Arbeitsvertrag und konnte sich von seinem an die brasilianischen Verhältnisse angepassten Lohn keine allzu großen Sprünge erlauben. Ein Zustupf würde also die Haushaltskasse merklich aufbessern.

Mit einstweilig beruhigtem Gewissen winkte ich ein Taxi herbei und stieg in den mit Alkohol betriebenen VW Käfer ein, dessen Abgase mir die Sinne vernebelten.

„Zur Rua Padre João Manuel 923", wies ich den Fahrer an.

„Welchen Weg soll ich nehmen?", fragte der finster dreinblickende Chauffeur.

Jetzt hatte es mich erwischt, dachte ich und

fragte mich bestürzt, wieso er das von mir wissen wollte. Er kannte sich in São Paulo doch sicherlich besser aus als ich. War das etwa eine Falle und hatte Georg mit seinen Bedenken am Ende recht behalten? Ich schindete Zeit: „Wie sieht es mit dem Verkehr aus?"

„Die Avenida Santo Amaro ist heillos überlastet", meinte der Fahrer unschlüssig.

„Dann nehmen Sie die Avenida Júlio Diniz", entgegnete ich bestimmt und war erleichtert, als der Mann meinem Vorschlag zustimmte. Mittlerweile kannte ich mich im Straßengewirr der Riesenstadt recht gut aus, weshalb es nicht so leicht war, mir ein X für ein U vorzumachen.

Entspannt lehnte ich mich in den zerschlissenen Sitz zurück. Die von mir vorgeschlagene Route erwies sich als gute Wahl. Der Verkehr rollte zügig, und nach einer guten halben Stunde setzte mich der Fahrer an der angegebenen Adresse im vornehmen Viertel Jardim Paulista ab.

„Da wären wir", sagte der Chauffeur und deutete auf ein elegantes Bürogebäude. Anlässlich unseres Telefonats war ich angewiesen worden, mich beim Portier zu melden, der Bescheid wisse.

Ich betrat eine in Marmor ausgekleidete Halle und wurde von einem Pförtner in brauner Livree zum Lift begleitet. Als ich aus dem Fahrstuhl trat, stand ich vor einer großen Glastür, über der die Aufschrift Deutsch-Brasilianische Handelskammer angebracht war.

Ehrfürchtig betätigte ich die Türglocke aus Messing und wartete nervös auf das was mich erwartete.

Ich wurde von einem netten Mann Mitte dreißig empfangen, der sich als Martin Hart-mann vorstellte. Er war der Chef der Abteilung für die deutschen Messen «Anuga» in Köln, «Drupa» in Düsseldorf, «Internationale Grüne Woche» in Berlin und «Buchmesse in Frankfurt». Er führte mich in sein kleines Büro, setzte sich an seinen Schreibtisch und ließ mich ihm gegenüber Platz nehmen. Zuversichtlich fischte ich Zeugnisse und Referenzschreiben aus meiner Handtasche und legte sie auf den Schreibtisch. Herr Hartmann würdigte sie mit keinem Blick.

Stattdessen bat er mich ins Sitzungszimmer, wo auf dem großen, blankpolierten Konferenztisch eine Schreibmaschine stand. Daneben lag ein Stapel weißes Papier und eine Unterschriftenmappe.

Verwirrt schaute ich Herrn Hartmann an. Der ließ sich jedoch von meinem verdutzten Gesichtsausdruck nicht beirren. Stattdessen drückte er mir zwei auf Portugiesisch verfasste Briefe in die Hand, mit der Bitte sie ins Deutsche zu übersetzen. Damit aber noch nicht genug, sollte ich gemäß seinen auf einen Zettel gekritzelten Anweisungen ein Werbeschreiben für die Lebensmittelmesse Anuga verfassen. Er gab mir keine Gelegenheit, Fragen zu stellen, sondern verließ schnell das Sitzungszimmer.

Besorgt schaute ich auf die Uhr. Es war zwei Uhr nachmittags, und die Hausangestellte wollte um fünf nach Hause gehen.

Nach gut anderthalb Stunden hatte ich die Schreiben verfasst und sauber in die Maschine getippt.

„Herr Hartmann, hier sind die Briefe", sagte ich zu ihm und streckte ihm die Unterschriftenentgegen. „Wollen Sie mich beleidigen, oder sehe ich in Ihren Augen schon so alt aus?"

Ich verstand nicht. „Aber ich kenne Sie doch gar nicht, da kann ich Sie doch unmöglich mit Ihrem Vornamen anreden. In Europa ist es üblich, einen Unbekannten mit «Herr» anzureden.

„Wir sind aber nicht in Europa", antwortete er mürrisch, nahm jedoch die Unterschriftenmappe an sich.

Ich hatte es vermasselt. Dabei hatten mir die gepflegte Umgebung und die Aussicht auf eine spannende Aufgabe so sehr zugesagt!

Betrübt stieg ich ein Taxi, das mich zur Freude der Hausangestellte fünf Minuten vor fünf zu Hause absetzte.

Gut hatte ich Georg nichts von meiner geplatzten Bewerbung erzählt. Ich war mir sicher, dass er meine Blamage als Strafe für sein missachtetes Verbot angesehen hätte. Und dann hätte er mir auch dieses Mal wieder Knüppel zwischen die Beine geworfen…

Spät am Abend, wir waren gerade mit dem Essen fertig und die Kinder im Bett, klingelte überraschenderweise das Telefon.

„Wer ist denn das noch um diese Zeit?", brummte Georg und ging an den Apparat, der auf der Anrichte stand. Nach einigen Sekunden, während derer er betroffen auf das Telefon starrte, streckte er mir den Hörer hin. „Ein Martin Hartmann verlangt nach dir."

Verwirrt meldete ich mich mit einem gehauchten „ja bitte?"

„Können Sie morgen anfangen? Arbeitsvertrag und Gehalt besprechen wir dann. Ich nehme an, Sie haben gültige Papiere, die sie dazu berechtigen, in Brasilien zu arbeiten."

„Aber natürlich" antwortete ich etwas verstört, „aber morgen kann ich unmöglich kommen", und etwas zuversichtlicher, fragte ich mutig: „Können wir uns auf Montag einigen?"

Martin Hartmann stimmte widerwillig zu. Er hätte sehr viel Arbeit und benötigte dringend eine tüchtige Kraft. „Habe ich etwas verpasst?", fragte mich Georg argwöhnisch, als ich mit einer unübersehbaren Genugtuung den Hörer auf die Gabel legte.

„Wer ist dieser Hartmann?"

„Herr Hartmann ist Chef der Messeabteilung der Deutsch-Brasilianischen Handelskammer, und ich kann am Montag bei ihm anfangen."

Georg starrte mich an, als ob ich vom Mond gekommen wäre. „Wie hast du denn das fertiggebracht?", fragte er, nachdem er seine Sprache wiedergefunden hatte.

„Erinnerst du dich an das dubiöse dreizeilige Inserat?"

„Du hast doch nicht etwa…"

„Doch hab' ich", unterbrach ich ihn. „Wie du siehst, ist in Brasilien nicht alles negativ und gefährlich. Auch hier gibt es anständige Menschen. Du kommst mir vor wie meine Mutter. Auch sie hat hier hinter jedem Baum einen Verbrecher gesehen."

Es war das erste Mal, dass ich Georg gegenüber, die innig geliebte Mama von ihrem Podest heruntergestoßen hatte. Ich bemerkte es nicht, aber Georg schien besänftigt.

„Wo befindet sich die Handelskammer?"

„Rua Padre João Manuel, Jardim Paulista."

„Hm, eine vornehme Gegend. Nun, du kannst es ja versuchen, und dann sehen wir weiter", meinte Georg gönnerisch.

Die Tätigkeit bei der Handelskammer sollte für mich meine schönste berufliche Zeit werden. Ich bekam von Herrn Hartmann freie Hand, und während seiner Ferienabwesenheit führte ich die Messeabteilung ganz allein.

In Brasilien, und vor allem in São Paulo, der wirtschaftlichen Lokomotive des Riesenreiches, sind die Möglichkeiten vielfältig, und mit einer guten Ausbildung und viel Fleiß kann man es weit bringen.

Herr Hartmann sagte mir gleich zu Beginn der Anstellung: „Wenn du die Ananas haben willst, kannst du sie haben, aber schälen musst du sie selbst."

Und ich wollte die süße Frucht um jeden Preis!

Behutsam schälte ich Tag für Tag, Woche für Woche und Jahr für Jahr ein kleines Stück der rauen Schale ab, genauso wie Martin Hartmann es mir empfohlen hatte.

Zur Arbeit fuhr ich in einem alten, knallorangenen VW Variant, der über und über mit Klebern aus den Schweizer Skiorten beklebt war.

An den sieben Ampeln, an denen ich meistens anhalten musste, standen tag ein tagaus die gleichen zerlumpten Gestalten, die ihre dürre Hand an mein offenes Wagenfenster hielten. Ich gab dem ersten Bettler eine fünf Cruzeiro Note und dem zweiten an der nächsten Ampel ebenfalls eine. Auch der dritte ging nicht leer aus, und schnell sprach es sich in den armseligen Kreisen herum, dass die Frau am Steuer des orangenen Variant ein gütiges Herz hatte.

Mein knalliges Auto mit den bunten Klebern war nicht zu übersehen, weshalb meine Günstlinge mit ausgefallenen Gesten auf sich aufmerksam machten, sobald sich ihnen mein Gefährt näherte. Und nach Erhalt meiner milden Gabe, deuteten sie eine Verbeugung an und wünschten der Senhora einen schönen Tag.

Hin und wieder kam es vor, dass ich am Vorabend vergaß, mich mit 5-Cruzeiro Noten einzudecken und die Bettler leer ausgingen. Ich rief ihnen dann zu, dass ich kein Wechselgeld hätte, sie am nächsten Tag aber bestimmt „ihr Geld" bekämen.

Sie wussten aus der Erfahrung der vergangenen Monate, dass ich Wort hielt, und verzogen den Mund zu einem zahnlosen Lächeln.

„Hast du noch alle Tassen im Schrank, den Bettlern jeden Tag Geld zu geben?", ereiferte sich Georg. „Wie viele sind es?"

„Heute waren es nur fünf, weil zwei Ampeln auf Grün standen."

„Mit jedem Tag werden es mehr werden. Also hör auf mit der Gefühlsduselei."

Es wurden aber nicht mehr. Und heute bin ich mir sicher, dass meine sieben Schutzengel dafür sorgten, dass mir auf dem Weg zur Handelskammer nichts geschah, denn im Gegensatz zu einigen meiner Arbeitskollegen und Georg, wurde ich nicht ein einziges Mal überfallen.

Nach drei wundervollen Jahren produktiver Zusammenarbeit verließ Martin Hartmann die Handelskammer, um CEO eines großen brasilianischen Konzerns zu werden. Vorher legte er mir die nun von mir vollends geschälte Ananas in den Schoß.

Es war mir jedoch nicht vergönnt, sie zu behalten geschweige denn, von ihrem zuckersüßen und betörenden Fleisch zu kosten.

„Als Frau kannst du in Brasilien diesen Posten unmöglich annehmen. Das schickt sich nicht", wand Georg ein, als ich ihm erzählte, dass mir die Leitung der Messeabteilung angeboten worden war.

„Wenn die Direktoren aus Deutschland nach Brasilien kommen, wollen sie hier nicht nur geschäftlich zu tun, sondern abends auch ihren Spaß haben. Wie willst du das anstellen? Als Frau kannst du sie weder in Bars noch in Nachtklubs begleiten, und dorthin wollen sie, wenn sie hier sind. Glaub mir, ich weiß, wovon ich spreche."

Ich konnte mir nicht vorstellen, dass Georg wusste, wovon er sprach. Er kam jeden Abend brav um sieben nach Hause, zu früh, um erwähnte Etablissements besucht zu haben.

„Du hast recht", besänftigte ich ihn, „aber ich habe für dieses Problem bereits eine Lösung gefunden. Der Assistent des Direktors der Handelskammer wird diesen Part für mich übernehmen. Meine Reputation wird also in keinster Weise Schaden nehmen."

Georg gab sich mit dieser Lösung nicht zufrieden. Stattdessen schlug er vor, die Leitung der Messeabteilung selbst zu übernehmen.

Das jedoch hätte das Ende unserer Beziehung bedeutet. Georg war schon immer auf meine Sprachkenntnisse eifersüchtig, die in seinen Augen nichts anderes als das Nachplappern eines dressierten Papageis waren. Dass ich so beliebt bei seinen Freunden war, die ihn mit seinen blonden Haaren den Gringo nannten und annahmen, dass ich eine gebürtige Brasilianerin sei, wurmte ihn schwer. Als Leiter der Messeabteilung hätte er sich mir gegenüber als Chef aufgespielt, und noch mehr als sonst, den Macho rausgehängt.

Schweren Herzens sagte ich ab und nahm stattdessen den dümmlichen, aber gutaussehenden Paulinho in Kauf, der mit meiner Unterstützung die Abteilung mehr schlecht als recht leitete.

Ich habe lange gebraucht, bis ich den Verlust der Handelskammer verschmerzen und die ständige Grübelei nach dem „was wäre, wenn gewesen" einstellen konnte, aber mit den Flügeln der Zeit, fliegt die Traurigkeit davon

18. KAPITEL – WORAN DENKEN SIE KAR-DINAL?

Im Februar 1984 kehrten wir in die Schweiz zu-rück. Georg hatte genug von der Militärdiktatur und ihren Auswüchsen und glaubte nicht daran, dass die Streitmächte kampflos ihre Macht abge-ben würden. Die systematische Verletzung der Verfassungsprinzipien und die jährlichen 40'000 Tötungsdelikte, die Basilien zu den gewalttätigs-ten Ländern der Welt machten, bereitete ihm zu-nehmend Sorge. Eine jährliche Inflationsrate von 200% fraß unsere kläglichen Ersparnisse auf, ob-wohl wir immer mehr arbeiteten. Wir kamen uns vor wie Hamster, die im Laufrad immer schnel-ler unsinnige Kreise drehten, nur um mitansehen zu müssen, wie unser Geld wie Butter an der Sonne schmolz. Deshalb begrüßte ich Georgs Entscheidung, nach Europa zurückzukehren, obwohl es mir wehtat, Elena und Hans aus ihrer gewohnten Umgebung herauszureißen.

Den Kindern fiel es schwer, ihre Freunde zu verlassen und in Recife, Georgs Heimatstadt und unserem letzten Zwischenstopp in Brasilien, fragte mich der damals sechsjährige Hans,

warum er zu allen Leuten plötzlich „leb wohl"
sagen müsse…

Wir verbrachten eine Woche im Nordosten
Brasiliens, um noch einmal richtig Sonne zu tan-
ken, bevor es in die Schweiz zurückging.

Wir flogen über Lissabon, wo wir mit Gaby
und ihrem Mann in unserem Hotel zu Abend
aßen, ehe wir tags darauf den Weiterflug nach
Zürich antraten.

Auch während unserer Brasilienzeit hatte ich
den Kontakt zu Gaby nicht einschlafen lassen,
dennoch wurde das Treffen zu einer eher frosti-
gen Angelegenheit.

„Warum wollt ihr eure Zelte in der Schweiz
aufschlagen, anstatt nach Portugal zu ziehen?",
fragte Gaby neugierig.

„Nach der Nelkenrevolution sind auch wir
nach Rio de Janeiro gegangen, aber nachdem die
politische Lage sich wieder beruhigte, sind wir
zurückgekommen und froh, wieder hier zu
sein", schob meine Freundin nach.

„Hat euch Brasilien nicht gefallen?" fragte
Georg argwöhnisch.

„Rio ist eine schöne Stadt, aber eben nicht Lissabon. Hier sind wir aufgewachsen, hier sind wir

zuhause."

Das war der springende Punkt. Georg war nirgends daheim: Recife war ihm zu rückständig, São Paulo zu kriminell und Zürich zu bieder.

Ja und was war mit mir? Ich hatte mich mit unserer Zukunft noch nicht auseinandergesetzt. Stattdessen ärgerte ich mich an jenem Abend darüber, dass ich meine Sprache aufgegeben hatte. Ich war Portugiesin. Warum hatte ich das Brasilianische als meine Muttersprache angenommen? Die neue Identität, die ich mir übergestülpt hatte, engte mich plötzlich wie ein zu kleines Korsett ein, aus dessen Nähten die vor vielen Jahren in Portugal zurückgelassenen Teile meines Selbst hervorquollen.

Während des Abends verfiel ich unbewusst wieder ins Portugiesisch. Aber meine Zunge - an das weiche Brasilianisch gewöhnt - weigerte sich, die notwendigen Verrenkungen zu machen, und auch meine Kehle streikte und wollte Konsonanten und Vokale am Wortanfang und in der -mitte nicht mehr verschlucken.

In Gegenwart von Gaby und ihrem Mann wurde mir bewusst, wie holperig ich Portugiesisch sprach. In Brasilien fielen meine beschränkten Kenntnisse der vielen Vokabel, für die meine Sprache bekannt ist, nicht sonderlich auf. Die unbekümmerten Brasilianer bedienten sich des alltäglichen Jargons und legte keinen besonderen Wert auf eine übermäßig gepflegte Sprache. Mama hatte in Portugal mit mir nur Deutsch gesprochen. Sie wollte mir perfekte Deutschkenntnisse vermitteln, wofür ich ihr rückblickend sehr dankbar bin. Aber auf Kosten ihrer Muttersprache blieb meine auf der Strecke.

Hätte es bei mir zuhause nicht nur die Mama gegeben, sondern auch meinen Vater, wäre die Unterhaltung bei Tisch in einem kultivierten Portugiesisch geführt worden und um Themen aus Politik und Wirtschaft Themen gekreist. Und mit der Zeit wäre mein Wortschatz gewachsen.

Die Deutsche Schule hatte in der Oberstufe dem Portugiesisch-Unterricht nur klägliche drei Wochenstunden eingeräumt, längst nicht ausreichend, um jemandem, der zu Hause nur Deutsch sprach, einen gebildeten Sprachgebrauch zu vermitteln.

Während des Gesprächs beschränkte ich meinen Beitrag auf ein Minimum, lachte viel und täuschte ein Selbstbewusstsein vor, das während des Fluges nach Europa durch den Auftrieb der DC-10 ins Weltall katapultiert worden war.

„Du warst so gekünstelt", sagte Georg zu mir, nachdem meine Freunde gegangen waren.

Natürlich war ich gekünstelt gewesen. Er hatte den Nagel auf den Kopf getroffen, und ich hätte ihn für seine Bemerkung ohrfeigen können. Mein Ärger glich einer sich auftürmenden Gewitterwolke, aus der die Erinnerungen an meine Jugendzeit sich zu entladen und Georg, die Mama und alles was mit Portugal zu tun hatte, unter ihren Wassermassen zu begraben drohten.

Aber ich kochte auch über mich selbst. Mit meinen 35 Jahren war ich erwachsen und alt genug, Vergangenheit und Zukunft unter einen Hut zu bringen.

Ich bedauerte, dass Mama nicht mehr in Lissabon lebte, sondern in Zürich, wohin sie zusammen mit Oscar kurz nach dem Militärputsch, der Nelkenrevolution, 1974 gezogen war.

Jetzt war auch das letzte Band zu Portugal abgerissen. Und so verschloss ich auf dem Flug von Lissabon nach Zürich Portugal wie einen kostbaren Edelstein in meiner Schmuckschatulle, in der Hoffnung, diesen Rohdiamanten irgendwann wieder hervorzuholen und mich ohne Groll an seinem Funkeln zu erfreuen.

Die Leuchtkraft eines Edelsteins lässt sich jedoch nicht in einem Schmuckkästchen einfangen. Hin und wieder entflohen die Strahlen meines Brillanten der Schatulle und kitzelten an meiner Sehnsucht, an der saudade nach meinem Land, in dessen Sprache ich noch heute Selbstgespräche führe und dessen Mentalität ich bis zum heutigen Tag nie vollständig abgelegt habe. In diesem Zusammenhang ist mir ein Nachmittag besonders lebhaft in Erinnerung geblieben, obwohl er etliche Jahre zurückliegt.

Es war Sonntag. Ich war bei Mama zu Besuch, die nach Oskars Tod recht einsam war. Die inzwischen erwachsen gewordenen Hans und Elena waren vielbeschäftigt und hatten nur wenig Zeit für ihre Großmutter, weshalb Horst und ich diejenige waren, die sie in regelmäßigen Abständen aus ihrer Einsamkeit herausholten.

An jenem Nachmittag war nur ich zu Mama gefahren, weil Horst die Fernsehübertragung des Tennisfinals in Wimbledon live mitverfolgen wollte.

Mama hatte Kaffee gekocht und ich hatte Kuchen mitgebracht.

Nach dem ersten Schluck fragte sie mich, wie mir meine Arbeit gefiele. Ich erzählte ihr von meiner Tätigkeit als Direktionsassistentin bei einem launischen Chef und von den kleinen, lustigen Querelen zwischen meinen Arbeitskollegen.

Ich sprach Portugiesisch. In Zürich hatte ich nur selten Gelegenheit dazu. Mit ihr aber, die sie meine Sprache besser beherrschte als ich, wollte ich auf Portugiesisch kommunizieren, etwas von früher heraufbeschwören und die mich zerfressende saudade nach meinem Land, meinem Wesen, meiner Mentalität stillen.

Wie immer antwortete mir auch an jenem Tag Mama auf Deutsch, wie sie es immer getan hatte. Sie weigerte sich, uns zu Verbündeten einer verlorengegangenen Heimat zu machen. Sie beherrschte meine Landessprache perfekt und hatte Artikel in portugiesischen Zeitungen veröffentlicht. Warum mir also nicht diese kleine Freude gönnen? Sah sie in mir noch immer die brave nach deutschen Maßstäben erzogene Tochter, die ihren Vorstellungen zu entsprechen hatte?

Das alles ging mir durch den Kopf, während ich nachdenklich die Berglandschaft betrachtete, die über der Anrichte hing.

„Em que pensa Cardeal?" – woran denken Sie Kardinal, fragte Mama plötzlich auf Portugiesisch.

Das Zitat stammte aus dem Theaterstück von Júlio Dantas «*A Ceia dos Cardeais*» (das Nachtmahl der Kardinäle).

Mama hatte es gelesen, wie sie so viele Werke der großen portugiesischen Schriftsteller Eça de Queiróz, Júlio Dantas, Joaquim Paço d'Arcos, Júlio Diniz und die Gedichte ihres über alles geliebten Fernando Pessoa gelesen hatte. Ich aber musste weiterhin Deutsch mit ihr sprechen. Ich durfte nicht die Portugiesin sein, die ich tief in meinem Herzen war, vielleicht deshalb nicht, weil Mama sich weiterhin der Illusion hingab, eine deutsche Tochter zu haben, für deren Erziehung sie allein verantwortlich gewesen war.

Sie wollte nicht nach Deutschland zurück, sie liebte Portugal und dennoch war ihr das Land wesensfremd, so wie ich ihr fremd wurde, wenn ich Portugiesisch sprach.

Ich brachte es nicht fertig, ihr in die Augen zu

schauen, ihren arglosen Blick zu erwidern, und noch weniger brachte ich es fertig, ihr mit einem krächzenden Laut aus meiner zugeschnürten Kehle zu antworten.

Aber Mama gab sich arglos. Heute würde ich sagen sie war naiv, ja fast schon egoistisch, wenn es um die Gefühle anderer ging. Anders kann ich mir ihre Verhaltensweise nicht erklären. Denn wenig später schoss sie gleich den nächsten Bock: „Sag mal, hast du nie versucht, mit deinem Halbbruder Kontakt aufzunehmen?"

Ich schaute sie entgeistert an. War es möglich, dass sie mir tatsächlich diese Frage gestellt hatte?

Die in mir aufsteigende Wut verschlug mir die Sprache, und es dauerte eine ganze Weile, bis ich fähig war, ihr zu antworten: „Wenn der Vater seine Tochter verleugnet hat, wird auch der Sohn mich nicht als seine Schwester anerkennen. Wie hätte ich ihm denn gegenübertreten sollen? Guten Tag, ich bin deine Halbschwester, von der du vielleicht gar nichts weißt?"

Mama schaute mich leicht verwundert an. „Meinst du nicht, er hätte sich gefreut?"

Mit ihrer Frage wollte sie ihr Gewissen beruhigen, sich einreden, es sei ja alles gar nicht so schlimm gewesen.

„Nein, er hätte sich ganz bestimmt nicht über mein plötzliches Aufkreuzen gefreut", zerstörte ich ihr Wunschdenken. "Dazu ist er viel zu konservativ. Und ich ebenfalls. Die Schmach, dass er mich vielleicht zurückgewiesen hätte, wäre mir unerträglich gewesen."

Mama zuckte resigniert mit den Schultern. Etwas anderes fiel ihr zu diesem Thema nicht ein. Als ich nach Hause kam, fragte mich Horst, ob sich Mama über meinen Besuch gefreut habe.

Statt einer Antwort, gab ich ihm einen liebevollen Kuss auf die Stirn, und diesmal war ich es, die resigniert die Schultern hob.

19. KAPITEL – BEI DER PSYCHOLOGIN

„Was führt Sie zu mir?"

„Ich, ich…

„Nehmen Sie sich Zeit, manchmal bedarf es eines kleinen Rucks, damit man aussprechen kann, was einen bedrückt."

Über Frau Gantenbeins ruhiges Gesicht huschte ein aufmunterndes Lächeln.

Ich gab mir den Ruck, den sie von mir verlangt hatte: „Ich habe Gewissensbisse, weil ich so wütend auf meine Mutter bin. Ich ertrage ihren Blick nicht, die Art wie sie mich vereinnahmt, mir die Luft zum Atmen raubt."

„Haben Sie mit Ihrer Mutter das thematisiert?"

„Um Himmelswillen nein."

„Und weshalb nicht"? fragte die Psychologin.

Ich starrte sie aus großen Augen an.

Frau Gantenbein machte eine flüchtige, einladende Handbewegung, so als wollte sie mich ermutigen, ihrer Frage auf den Grund zu gehen.

Ich dachte einen Augenblick nach. „Das hätte sie zu sehr verletzt."

„Und Sie wollen Ihre Mutter nicht verletzen?"

„Nein, auf gar keinen Fall, sie ist doch meine Mutter."

„Aber warum sind Sie dann so wütend auf sie?"

„Weil sie mich ohne Vater und mit einer Lebenslüge aufwachsen ließ, mich bei der Entschlüsselung meiner Herkunft allein gelassen hat und mich meinem Land entfremdet hat."

Die Psychologin schaute mich ruhig, fast teilnahmslos an. Wahrscheinlich wurde sie tagtäglich mit ähnlichen Familiengeschichten konfrontiert. Für mich war meine Geschichte jedoch einzigartig, und ich war zu ihr gekommen, in der Hoffnung, sie könnte mir dabei helfen, den Ballast meiner Vergangenheit abzuwerfen.

„Hoppla, das sind aber happige Vorwürfe, die Sie ihrer Mutter gegenüber vorbringen. Sind Sie sich dessen bewusst?"

Ich stand auf und machte zwei Schritte in Richtung Tür. Das hatte ich nicht hören wollen. Frau Gantenbein war definitiv nicht die richtige Psychologin für mich. „Ich habe die Vorwürfe ja nur Ihnen gegenüber geäußert", antwortete ich trotzig und drückte die Klinke hinunter.

„Sie haben jedoch ein Recht so zu empfinden",

kam es von dem Sessel, dem ich Sekunden vorher gegenübergesessen hatte.

Ich drehte mich ruckartig um.

„Nehmen Sie doch wieder Platz. Ich kann mir denken, dass Sie nicht zu mir gekommen sind, damit ich Sie tadele. Aber es wäre von Vorteil, wenn Sie mir Ihre ganze Geschichte erzählten."

Frau Gantenbein sah mich aufmunternd an und lehnte sich in ihrem Sessel zurück.

„Ich heiße Lydia Frischknecht, bin in Lugano geboren und im Alter von drei Monaten von meiner Mutter nach Portugal gebracht worden. Sie lebte damals schon in Lissabon, ist aber zur Entbindung zu ihren Eltern gefahren, die im Tessin lebten."

Und dann erzählte ich ihr – soweit ich mich erinnern konnte – von meiner Kindheit, in der es für mich nur die Mutti gegeben hatte, von den Besuchen bei den Großeltern und von meiner Verunsicherung, meinen Ängsten, weil es bei mir zu Hause keinen Vater gab.

„Haben Ihre Mutter und Ihre Großeltern denn mit Ihnen nie über Ihren Vater gesprochen?"

„Nein, nie", antwortete ich gepresst.

Der Kloß in meinem Hals verweigerte mir die

Stimme.

Frau Gantenbein wartete geduldig, bis ich mich beruhigt hatte. „Wie kommen Sie darauf, dass Sie mit einer Lebenslüge aufgewachsen sind?"

„Wegen des verdammten Formulars, das ich mit zwölf Jahren während der Deutschstunde ausfüllen musste."

Die Psychologin zuckte zusammen.

„Diese verhasste Deutschstunde ist mir noch lebhaft in Erinnerung, so als hätte sie sich erst gestern und nicht vor 41 Jahren zugetragen", schob ich nach und erläuterte ihr, was geschehen war. Ich verschwieg ihr auch nicht, wie ich herausgefunden hatte, wer mein Vater war und was es mit meiner „gekauften Identität" auf sich hatte.

Frau Müller war auch die erste, der ich erzählte, wie ich mich über die Rua António Patrício geschämt hatte, und dass ich mich noch heute über Mamas Entscheidung ärgerte, nicht in das standesgemäße Hochhaus gezogen zu sein.

„Da kommt ganz schön etwas zusammen", meinte Frau Gantenbein. „Leider ist unsere Zeit um, aber bis zum nächsten Mal lege ich ihnen die Lektüre dieses kleinen Büchleins wärmstens ans Herz", sagte sie und drückte mir ein dünnes Buch in die Hand.

Der Titel «Das Drama des begabten Kindes» von Alice Miller machte mich neugierig. Aber erst als ich im Bett lag und Georg neben mir regelmäßige, schnarrende Laute von sich gab, schlug ich das Buch auf und begann zu lesen. Obwohl es unter der Daunendecke mollig warm war, löste die Lektüre der ersten Seiten eine Gänsehaut auf meinen Armen aus.

Da war die Rede von dem Bedürfnis eines Kindes, als Zentrum der eigenen Aktivität gesehen, beachtet und ernstgenommen zu werden. Ich fragte mich, ob mein Bedürfnis, die Identität meines Vaters kennenzulernen und in meiner Sprache zu kommunizieren, ernstgenommen worden war und musste diese Frage mit einem in Großbuchstaben geschriebenen Nein beantworten.

Ich war über meine Erkenntnis zutiefst erschüttert. Bis zu jenem Zeitpunkt hatte ich die Mutterliebe idealisiert, indem ich Mama als vollkommen gewertet hatte. Niemals war es mir in den Sinn gekommen, dass Mutti im Grunde eine emotional unsichere Mutter gewesen sein könnte, die auf ein bestimmtes Verhalten meinerseits angewiesen war.

Im Dunkeln des Zimmers ließ ich den verblichenen Film meiner Kindheit abspielen und war erstaunt eine liebevolle, strahlende aber überaus konsequente Frau über die flimmernde Leinwand schreiten zu sehen, an ihrer Hand das gehorsame rundliche Kind mit dem unvorteilhaften Pagenkopfschnitt und dem viel zu kurzen Pony. Die Abfolge dauerte nur wenige Sekunden, aber sie gab mir die langersehnte Antwort auf die Frage, warum ich Mutti nicht schon lange ihr egoistisches Verhalten vorgehalten hatte.

Mama hatte ihre Unsicherheit, so sie denn in der Tat unsicher war, hinter einer Fassade der Eleganz, Unnahbar- und Vollkommenheit kaschiert. Für mich hatte sie lange auf einem für mich unerreichbarem Podest gestanden, und ich hatte mich nicht getraut, ihr verfängliche Fragen zu stellen.

Erneut spulte ich den Film zurück, der mir eine neue Sichtweite der flüchtigen Erzählungen aus ihrer Kind- und Jugendzeit in Berlin vermittelte. Familienfotos zeigten meine Mutter mit dem gleichen Pagenschnitt an der Hand meiner Großmutter, die ich als strenge und ich bezogene Frau in Erinnerung hatte, und die auch ihr sicherlich nicht den genügenden Freiraum zur Entfaltung ihrer Identität eingeräumt hatte.

Und als sie 14 war, kamen die Nazis an die Macht und machten sie zu einem Menschen zweiter Klasse. Ich sah sie vor ihrem geliebten Deutschlehrer stehen, der sie bat aus dem VDA auszutreten. Wie musste sie sich verunsichert vorgekommen sein. Ich begann sie zu verstehen, sie zu bemitleiden für das was ihr widerfahren war, aber ich war nur bedingt gewillt, ihr Verhalten zu entschuldigen. Bei allem Verständnis, das ich ihr gegenüber aufbrachte, gab es an der Tatsache nichts zu rütteln, dass sie die Rechnung ohne den Wirt gemacht hatte. Sie hatte für mich Schicksal gespielt, und ich musste versuchen, auf die eine oder andere Weise damit fertig zu werden.

Die Sehnsucht nach Portugal wuchs von Tag zu Tag. Ich bereute den Verrat an meinem Heimatland, traute mich aber noch nicht, dorthin zu fahren. Ich war dafür noch nicht genug gefestigt, aber die Zeit würde kommen. Dann würde ich mit erhobenem Kopf durch Lissabons Straßen schreiten und Freunden und Bekannten selbstsicher in die Augen sehen.

20. KAPITEL – EIN NEUES LEBEN

„Lydia, Kind, du kannst nach dreißig Jahren Ehe dich doch nicht scheiden lassen!"

„Und warum nicht?" antwortete ich.

Mama schaute mich besorgt an: „Eine so lange Ehe wirft man nicht so leichtfertig über Bord."

„Von leichtfertig kann nicht die Rede sein. Elena und Hans sind erwachsen, und in meiner Firma habe ich mein Pensum bereits auf 100% erhöht. Von meinem Gehalt kann ich den Kindern weiterhin die Krankenkasse bezahlen und meinen Unterhalt selbst finanzieren, und bis Elena und Hans 25 sind, muss Georg für ihre Erstausbildung aufkommen. Wie Du siehst, hab' ich an alles gedacht", brach es in einem nervösen, fast auswendig gelernten Redeschwall aus mir hervor.

Mamas Stirn legte sich in tiefe Sorgenfurchen. „Ach, hätte ich Dir doch nur nicht das Lifting bezahlt. Ich wollte, dass du dadurch lebensfroher würdest, stattdessen hast du viel zu hohe Erwartungen in den Eingriff gesetzt."

„Das sehe ich ganz anders", erwiderte ich und trat an den Spiegel, der über der Anrichte hing.

Prüfend betrachtete ich mein verjüngtes Gesicht und war mit dem Ergebnis mehr als zufrieden. Die durch Trauer, Sorge und ewige Angepasstheit verursachten Kummerfalten, die mich vor der Schönheitsoperation wie eine Bulldogge hatten aussehen lassen, waren durch die magische Hand von Dr. Aloísio Fernandes wegradiert worden, und auch mein Teint hatte etwas von dem längst verblühten Schmelz der Jugend zurückgewonnen.

Selbstbewusst setzte ich mich wieder an den Kaffeetisch. „Morgen kann ich mich als Direktionsassistentin bei einem internationalen Konzern vorstellen, und eine hübsche kleine Wohnung habe ich auch in Aussicht."

Mama traute ihren Ohren nicht. Entgeistert starrte sie mich aus ihren weit aus den Höhlen getretenen Augen an, die mich an die Glubschaugen eines überzüchteten Schleierschwanzes erinnerten.

„Aber, aber... du wirst sicherlich nicht mehr das Leben haben können, das du bis jetzt geführt hast", wandte sie lahm ein. Und was ist mit deinen Gefühlen Georg gegenüber? Liebst du ihn denn nicht mehr?"

„Mama, ich bitte dich, warum lassen sich Menschen wohl scheiden? Georg wird immer einen besonderen Platz in meinem Herzen einnehmen. Er ist der Vater meiner Kinder, aber ich will nicht mehr mit ihm zusammenleben. Ich halte seine Art, mich ewig zu schulmeistern, nach jedem Haar auf dem Fußboden Ausschau zu halten, nicht mehr aus."

„Aber so schlecht ist dein Leben doch nicht. Du hast keine Geldsorgen, wohnst in einer schönen Penthouse-Wohnung, reist viel in der Weltgeschichte herum…"

„Das trifft alles zu, aber Georg macht mich wahnsinnig mit seinem Putzfimmel, seiner ewigen Herumnörgelei und seinem ihn zerfressenden Pessimismus. In unserer Ehe gab es glückliche Momente, aber sie reichen für ein ausgefülltes Leben leider nicht aus. Ich habe das Gefühl, nie richtig gelebt zu haben, ständig unter einer Glashaube gewesen zu sein und allen Erwartungen genügen zu müssen. Mit fünfzig habe ich hoffentlich noch Zeit, zumindest einen Teil meines gigantischen Nachholbedarfs zu stillen.

Acht Monate später war ich von Georg geschieden, in eine hübsche kleine zwei Zimmer-wohnung gezogen und als Direktionsassistentin angestellt worden.

An meiner Scheidung hatte ich jedoch mehr zu beißen, als ich es mir vorgestellt hatte. Ich war mit Georg dreißig Jahre zusammen gewesen. Für viele Menschen ein halbes Leben lang. Wir hatten ein weit gespanntes Netz ausgeworfen, welches unser gemeinsames Leben wie ein Gerüst zusammenhielt. Ich hatte nicht damit gerechnet, dass unsere Erinnerungen wie Regenbogenfische und graue Barsche sich darin für immer verfangen würden. Aber ich hatte es so gewollt. Ich wollte das Netz zerreißen, in dem nicht nur unsere Erinnerungen, sondern auch ich gefangen war, mich aus ihm befreien, kostete es, was es wollte.

Und eines Tages trat Horst in mein Leben. Wir kannten uns vom Sehen her, aber an jenem frühen Abend, an dem er mich in einem Möbelgeschäft ansprach, in dem ich mit verweinten Augen nach einer Vitrine Ausschau hielt, hätte ich mein Glück um ein Haar verspielt.

„Geht es Ihnen nicht gut", ertönte es hinter meinem Rücken.

Erschrocken drehte ich mich um und erkannte

Horst, der mich mitleidig ansah. Wie lange hatte er mich wohl schon beobachtet?

„Sie sehen doch, dass es mir beschissen geht", antwortete ich ruppig und wandte mich wieder der Vitrine zu.

„Entschuldigung, ich wollte mich wahrlich nicht aufdrängen, ich sah, dass es Ihnen nicht gut geht, und da sind mir meine Worte rausgerutscht, ohne dass ich etwas dagegen tun konnte. Ich bitte Sie nochmals um Entschuldigung, sollte ich Sie belästigt haben."

Ich blickte in zwei treuherzige blaue Augen, aus denen aufrichtige Anteilnahme sprach.

„Ist ja schon gut", sagte ich in etwas versöhnlicherem Ton. „Entschuldigung angenommen. Gefällt Ihnen die Vitrine?"

Horst, den ich ohne Vorankündigung von Sentimentalität in Pragmatismus katapultiert hatte, zwang seinen Blick in Richtung Vitrine, traute sich aber nicht, ein Gutachten abzugeben.

„Sie ist hübsch, bietet aber nicht viel Platz, aber es kommt natürlich darauf an, welchen Zweck sie erfüllen muss", meinte er diplomatisch.

„Ich habe auch nicht viel hineinzustellen, das

Übrige habe ich meinem Mann überlassen, pardon, meinem Exmann. Den Begriff nehme ich noch immer ungern in den Mund."

Horst schaute mich betreten an, aber in seinen Augen meinte ich, einen Hoffnungsschimmer zu erkennen.

„Nun, nachdem Sie sich offensichtlich für die Vitrine entschieden haben, darf ich Sie zu einer Tasse Kaffee in der Cafeteria einladen? Danach helfe ich Ihnen, das Möbelstück nach Hause zu bringen."

„Und was ist mit Ihnen? Was suchen *Sie* hier?"

Bei einem lauwarmen Schwachstromkaffee erzählte mir Horst, dass er auf der Suche nach einem Esstisch und einem Sofa war.

Ich starrte auf das schmale Goldband an dem Ringfinger seiner linken Hand. „Sie müssen einen guten Geschmack haben, dass Ihre Frau Sie den Tisch und das Sofa allein aussuchen lässt?"

Horst blickte mich verständnislos an. Dann folgte er meinem Blick und drehte an seinem Ehering: „Ich habe mich noch nicht an das Alleinsein gewöhnt, obwohl ich schon seit bald einem Jahr geschieden bin."

„Mir geht es genauso", erwiderte ich und hielt

ihm meine linke Hand hin, die ein mit Brillanten besetzter Ehering und ein Verlobungsring mit einem Diamanten zierte.

„Der Trauring ist von meiner Mutter", sagte ich rechtfertigend „und der Diamantring, nun ja, eine Erinnerung an vergangene Zeiten."

Ich schaffte es – rechtzeitig vor Ladenschluss – die Vitrine zu kaufen und wurde angewiesen, sie an der Rampe, Parkhaus A, in Empfang zu nehmen. Horst versprach hinzuzukommen.

Als das sperrige Paket die Rampe hinabglitt und Horst aus einem kleinen goldfarbenen Daewoo ausstieg, bekam ich es plötzlich mit der Angst vor meiner maßlosen Überschätzung zu tun. Mama hatte Recht behalten, fuhr es mir durch den Kopf. Mit fünfzig mein bisheriges Leben auf den Kopf zu stellen – ich war ziemlich sicher verrückt geworden.

Die Vitrine ging weder in den Daewoo noch in meinen Hyundai X 10 – das Bébé, wie ich meinen ersten eigenen Wagen liebevoll nannte – hinein.

Ratlos sahen Horst und ich einander an und brachen in lautes Gelächter aus.

„Wir machen gleich Schluss", unterbrach der Angestellte an der Rampe unseren Heiterkeitsausbruch, stellte uns aber Haltegurte zur Verfügung, mit dem wir den Karton auf das Dach meines Wagens festzurrten und im Schritttempo zu mir nach Hause fuhren.

Mit unglaublicher Leichtigkeit schulterte Horst das unförmige Paket und trug es in den zweiten Stock hinauf. Ich bot ihm ein Glas Wein an, er aber verneinte. „Erst nach getaner Arbeit", lehnte er schelmisch ab und fragte mich, ob ich Werkzeuge besäße.

Ich streckte ihm einen Schraubenschlüssel, eine Zange und einen Hammer entgegen. Mehr besaß ich nicht.

Horst hatte es sich auf dem Boden bequem gemacht und studierte die komplizierte Montageanleitung.

„Verflixt" hörte ich ihn einige Male vor sich her fluchen, aber nach einer knappen Stunde stand die Vitrine, und Horst fragte mich, wohin er sie stellen sollte.

Das Leben war wahrlich nicht sehr kompliziert, dachte ich wehmütig, nachdem Horst gegangen war. Mit Georg wäre die Vitrine längst nicht so schnell zusammengebaut und aufgestellt worden. Mein Exmann hätte sich erst von den Strapazen des Transports erholen und seinen Ärger über die Unzulänglichkeit der Möbel verdauen müssen… und dennoch würgte ich an dem Kloß, den die dreißig Jahre langen Erinnerungen in meine Kehle geknetet hatten.

Von Seiten meiner Freundinnen wurde ich davor gewarnt, mich nicht zu schnell auf eine neue Beziehung einzulassen, aber ich schlug die gutgemeinten, von einem Fünkchen Neid genährten Ratschläge in den Wind.

Mit Horst musste ich mich nicht auf eine neue Partnerschaft einlassen. Sie ergab sich von selbst, war einfach da, ehe ich mich versah. Für Horst gab es keine Probleme, die nicht gelöst werden konnten, und langsam begann ich mich aus meiner Angepasstheit zu lösen und mit einem Teil von mir ins Reine zu kommen.

Dennoch fiel es mir schwer, meine Wohnung aufzugeben und zu Horst zu ziehen. Zum ersten Mal in meinem Leben hatte ich eine eigene Wohnung, in der ich tun und lassen konnte, wie es mir beliebte, in der ich nicht auf herunter-gefallene Haare achten musste, und in deren Küche ich die Platten des Kochherds aufs Maximum

einstellen konnte. Ich wollte meine hart er-
kämpfte Freiheit nicht leichtfertig aufgeben, aber
Horst wollte keine halben Sachen. Während Wochen fragte ich mich, welchen Preis ich wohl für
die Aufgabe meiner Unabhängigkeit würde zahlen müssen. Ich war in zweifacher Hinsicht ein
gebranntes Kind, andererseits hatte ich dank
Horst am Kelch der *Leichtigkeit des Seins* genippt
und lechzte nach mehr. Wie ein kurzlebiger
Schmetterling hatte das Glück meine Wange ge-
streift. Bereits flatterte es davon und ich musste
mich beeilen, wollte ich es einfangen.

21. KAPITEL – AUFLÖSUNG?

„Guten Tag, Mutti, da bin ich wieder. Du musst keine Angst haben, dass ich dich nicht besuche. Und seit dem letzten Mal ist wirklich nicht allzu viel Zeit vergangen!

Jetzt kann ich endlich wieder Mutti zu dir sagen. Ich weiß, dass du mit Mama nie glücklich warst. Für mich warst du immer Mutti, und wenn wir sonntags in Estoril unter den Kolonaden zu Mittag aßen und ich mir kurz vor der Heimfahrt nach Lissabon am Tamariz noch ein Erdbeereis holen durfte, da warst Du sogar Müttchen.

Ich weiß, dass in deinem einsamen Leben ich stets der schillernde Mittelpunkt war. Das hast du mir selbst gesagt. Erinnerst du dich noch? Wir saßen alle zusammen an dem runden Tisch in der Wohnküche bei mir zuhause.

Wie aus heiterem Himmel erklärtest du Elena, Hans, Georg und mir, du hättest dich immer als Professor Higgins und mich als das Blumenmädchen Eliza betrachtet, das du nach deinem Gusto geformt hast… Aber damals warst du für mich längst zu Mama geworden.

Ich musste versuchen, mich von dir zu lösen, um ich selbst zu werden. Du solltest keine Erwartungen hegen, mich als Teil deines Selbst zu erleben.

Entschuldige innigst geliebtes Müttchen, aber ich wusste mir nicht anders zu helfen, als das vertraute Mutti durch das fremdartige Mama zu ersetzen. Ich hatte gehofft, wenn ich fortan Mama zu dir sagte, würdest du mich nicht mehr als den Mittelpunkt deiner Existenz ansehen und den übrigen Familienmitgliedern, besonders Georg, mehr Aufmerksamkeit schenken. Welch ein Trugschluss!

Ich habe versucht, dir das zu erklären, aber du warst dir dessen nicht bewusst. Vielleicht wolltest du es auch nicht wahrhaben. Dann hättest du dich ändern müssen und mich als deinen Fixpunkt aufgeben. Ich weiß, dass ich dir mit Mama weh getan habe. Ich sollte mich bei dir entschuldigen, aber ich kann es nicht, denn letztendlich habe ich es nicht nur für mich, sondern auch für dich, für uns getan.

Du hast mich unzählige Male belogen und mit dem Wegpinseln meiner Ängste meine Selbstfindung behindert.

Bitte, mach die Stirn nicht kraus. Falten stehen Dir nicht. Mit Deinen fast neunzig Jahren bist du noch immer eine wunderschöne Frau, obwohl dein volles Haar schneeweiß geworden ist.

Aber sag mir, hast du dir nicht denken können, dass ich eines Tages nach meinem Vater suchen und hinter deine Lügengeschichten kommen würde?

Hier, geliebtes Müttchen, nimm mein Taschentuch und wisch dir die Tränen ab.

Ja, du hast dich geschämt, mir die Wahrheit zu sagen. Hattest du Angst, ich würde dich von dem Podest, auf den ich dich, seit ich denken konnte, gehievt habe, plötzlich herunterstoßen?

Weißt du was Elena neulich zu mir gesagt hat?

Du wirst es nicht glauben: Ich eiere herum, hat sie mir vorgeworfen.

Hab' ich das auch mit dir gemacht?

Jetzt schmunzelst du, aber du willst mir keine Antwort darauf geben!

Ja, du hast recht. Damals hätte ich dir klipp und klar sagen müssen, dass der Aufgang der Rua António Patrício mir die Schamröte ins Gesicht trieb, wenn immer meine Schulfreunde zu uns zu Besuch kamen. Vor allem aber hätte ich dir sagen müssen, dass ich unbedingt einen Vater wollte, dass ich ihn vermisste und mich entsetzlich schämte, dass es bei uns keinen Vater gab und ich nichts über ihn wusste.

Wenn in der Schule meine Mitschüler über ihre Eltern sprachen, stahl ich mich davon, aus Angst sie würden etwas über meinen Vater wissen wollen und mich fragen, warum ich ihn nie erwähnte. Schau mich nicht so bestürzt an, Mutti. Auch wenn ich meine Ängste vor dir geheim gehalten habe, musst du dich doch hin und wieder gefragt haben, wie ich mich im konservativen Portugal der frühen sechziger Jahre gefühlt haben muss. Aber natürlich hast auch du die Wahrheit verdrängt, weil ein Leben ohne sie für dich erträglicher war.

Hätte ich das Blatt meiner wahren Empfindungen damals vor dir aufgedeckt, wäre wahrscheinlich vieles, wenn auch nicht alles anders gekommen.

Aber es fehlte mir an Zivilcourage, und deshalb schwieg ich genauso wie du.

Wir sind also quitt.

Durch unsere ähnlichen und doch gegensätzlichen Erfahrungen sind wir nun zu erwachsenen, ebenbürtigen Menschen geworden.

Ich hoffe, dass auch du deine Identität gefunden hast und nur noch mit Frohsinn an Großmama und Großpapa zurückdenkst.

Horst hilft mir dabei, meine eigenen Aktivitäten bewusst zu erleben, und ich bin schon sehr weit gekommen. Aber da ist noch mein geliebtes Portugal, zu dem ich meine Beziehung aufarbeiten muss.

In deiner Bibliothek habe ich einen kostbaren Schatz an portugiesischen Büchern gefunden. Ich wusste gar nicht, dass du sie alle gelesen hast. Warum hast du mir nichts über sie erzählt? Ich wäre dankbar gewesen, wenn ich von dir Nachhilfeunterricht in portugiesischer Literatur bekommen hätte.

Aber natürlich! Ich hätte es wissen müssen. Dein übertriebenes Deutschtum gestattete es dir nicht, meiner Persönlichkeit eine portugiesische Patina zu verpassen. Erinnerst du dich noch an den regnerischen Sonntagnachmittag, den wir bei Dir am Kaffeetisch verbrachten? Du fragtest mich *em que pensa Cardeal* – woran denken Sie Kardinal? Ausnahmsweise stelltest du die Frage auf Portugiesisch, wo du dich doch sonst weigertest, mit mir in meiner Landessprache zu kommunizieren. Ich war verblüfft und auch verärgert, weshalb ich dir auf Deutsch geantwortet habe: An nichts denke ich, an gar nichts.

Du hast meine Verstimmung nicht bemerkt, wie du so vieles nicht bemerkt hast. Du hast dich nach Kräften bemüht, mich deutsch werden zu lassen, dabei meine portugiesische Hälfte außer Acht gelassen.

Aber deine Wunschvorstellung wäre niemals in Erfüllung gegangen. Das Land, das einmal deine Heimat war, gibt es nur noch in deinen Erinnerungen. Du hättest mich nie zu dem deutschen Wesen machen können, das du dir erträumtest, weil es das Land, in das ich hineingepasst hätte, nicht gibt. Aber auch wenn es doch existierte, wäre es Dir nicht gelungen. Dazu liebe ich mein Portugal zu sehr, obwohl ich ihm damals aus Feigheit, mich öffentlich zur Wahrheit zu bekennen, den Rücken gekehrt habe. Ich werde mein Versäumnis wieder gut machen. Das habe ich mir fest vorgenommen.

Bitte Mutti, schau mich nicht so an. Das Schicksal der Eltern ist es, in den Augen der Kinder alles falsch zu machen. Aber weder du noch ich haben alles falsch gemacht. Es mag paradox klingen, aber gerade von dir habe ich gelernt, meine Kinder nur als geborgt zu betrachten. Ich bin nicht Professor Higgins, und ich habe sie weder zu einer vornehmen Eliza noch zu einem galanten Elisha gemacht.

Du hast einmal zu mir gesagt: Bildung ist das, was übrigbleibt, wenn wir vergessen, was wir gelernt haben. Das ist ein Zitat des ersten Earl of Halifax, und ich bewundere dich für deine Bildung. Ich versuche, sie mir ebenfalls anzueignen. Den Gout dafür hast du an mich weitergegeben, und dafür bin ich dir dankbar. Dein Lieblingsbuch «bis aller Glanz erlosch» von Nikolas de Crosta ist mir neulich in die Hände gefallen. Ich habe es in einem Zug gelesen und erkannt, dass du, wohl anders als ich, jedoch ebenfalls manipuliert wurdest. Du durch politische Geschehnisse und ich – durch familiäre Umstände. Auch du hast nicht bekommen, was du wolltest, und unbewusst hat sich die Tragik deiner Kindheit in der Beziehung zu deinem Kind fortgesetzt.

Aber nun, da ich das alles erkannt habe und du Mutti hoffentlich auch, ist es Zeit die Verganheit ruhen zu lassen.

Horst will unbedingt mit mir nach Portugal fahren. Im Sommer soll eine Klassenzusammenkunft in Lissabon stattfinden, zu der auch die Partner eingeladen sind.

Sie findet bei António statt.

Was? Bei António dem Klassenprimus?

Ja, ganz genau. Du erinnerst dich nach so vielen Jahren noch an ihn?

Aber ja, wie konntest du ihn auch vergessen. Er war oft bei uns in der Rua António Patrício!

Ich fahre mit gemischten Gefühlen nach Lissabon.

Musst du nicht! Es wird alles gut gehen. Fahre ohne Vorurteile, und vor allem, sei du selbst. Wir können die Vergangenheit nicht auslöschen, sie ist ein Teil von uns und hat uns zu dem gemacht, was wir sind. Aber wir können nicht zulassen, dass die Vergangenheit unsere Zukunft bestimmt. Darum lass die Vergangenheit ruhen und konzentriere dich auf die Zukunft.

Ein verschmitztes Lächeln umspielt deine Lippen, und jetzt muss auch ich lachen über die Worte von Kurt Tucholsky, die du mir nachrufst: *Fors Jewesne jibt der Jude nischt.*

„Kommst du endlich? Ich friere wie ein Schneider."

„Hast du Streichhölzer dabei?"

Horst gab mir ein Feuerzeug, das er vorsorglich eingesteckt hatte.

Mit klammen Fingern betätigte ich den Anzünder. Es gelang mir nicht.

„Gib schon her", sagte Horst ungeduldig und zündete die Kerze in der Laterne an. Dann reichte er mir die Lilie, die ich behutsam auf das Grab meiner Mutter legte.

22. KAPITEL – LISBOA

„Und freust du dich auf Portugal"?

Ich zuckte mit den Schultern und schaute aus dem Fenster. Unter mir erblickte ich den beeindruckenden Verkehrskreisel des Marquês de Pombal, die Avenida Duque de Loulé und einige Sekunden später die Avenida Estados Unidos da América und die rosa Häuser der Rua António Patrício.

Es sah alles noch genauso aus wie früher und dennoch beschlich mich ein altbekanntes Unwohlsein, das ich nicht zu deuten vermochte. Horst drückte beschwichtigend meine Hand. Ich drehte mein Gesicht weg vom Fenster und zwang mich zu einem verzerrten Lächeln. Er würde mein Missbehagen nicht verstehen, und deshalb zog ich es vor zu schweigen.

Das Flugzeug setzte mit einem dumpfen Rumpeln auf der Landebahn des Flughafens Humberto Delgado auf.

Sogleich machte sich in der Kabine ein geschäftiges Treiben bemerkbar. Passagiere lösten ihre Sitzgurte, obwohl das Kabinenpersonal die Fluggäste anwies, bis zum Stillstand der Maschine angeschnallt zu bleiben.

Endlich hatte das Flugzeug angedockt und wir konnten aussteigen und über den Flugsteig das Flughafengebäude betreten. Hie und da drangen portugiesische Sprachfetzen an mein Ohr, die in mir ein zurückhaltendes Heimatgefühl erweckten. Am Schalter der Autovermietung von Hertz, wurde Horst in holperigem Englisch angesprochen.

„Sprich du mit dem Angestellten", bat mich mein Mann.

„*O senhor pode falar português*", Sie können Portugiesisch sprechen, sagte ich in fließendem Portugiesisch zu dem Mann hinter dem Schalter, der mir ein dankbares Lächeln schenkte: „*Ah, então a senhora é portuguesa!?*" „Ja erwiderte ich stolz, ich bin Portugiesin." Ich hatte den Tonfall meiner Muttersprache also noch nicht verlernt.

„Hast du mir nicht erzählt, dass du nicht weit vom Flughafen gewohnt hast"? fragte mich Horst, als wir aus dem Parkhaus fuhren.

„Möchtest du denn das Haus in der Rua António Patrício wirklich sehen, oder lieber gleich ins Zentrum fahren?" fragte ich erstaunt.

„Natürlich möchte ich das Haus sehen. Du

hast mir schließlich so viel davon erzählt. Hier nimm den Stadtplan zur Hand."

Vor unserer Reise nach Portugal hatte ich Horst gebeten, mir einen zu besorgen, da ich befürchtete, mich in Lissabon nicht mehr auszukennen.

Ich ließ ihn zusammengefaltet auf meinem Schoß liegen.

„Beim Kreisel, zweite Ausfahrt nehmen, geradeaus fahren, jetzt rechts abbiegen in die Avenida Estados Unidos und dann wieder rechts..."

„Kannst du mir verraten, weshalb ich einen Stadtplan kaufen musste? Du kennst dich doch bestens aus!", meinte Horst halb verärgert, halb belustigt.

„Portugal scheint mir vergeben zu haben."

„Was?"

„Nichts", antwortete ich, und dirigierte ihn ortskundig durch die Straßen, bis wir einige Augenblicke später in die Rua António Patrício einbogen.

Der große Parkplatz gegenüber der Nr. 18 war immer noch nicht umfunktioniert worden und hatte sich in all den Jahren nicht verändert. Um diese Zeit war er halb leer.

„Du kannst das Auto da abstellen", sagte ich zu Horst. „Er ist für die Anwohner auf beiden Seiten der Straße reserviert."

Nach wenigen Augenblicken standen wir vor dem Haus, in dem ich meine Kindheit und einen Großteil meiner Jugendzeit verbracht hatte.

Wie zum Hohn waren die Abfallkartons verschwunden und die Ligusterhecken sorgfältig zurückgeschnitten. Die ehemals verwahrlosten Grünflächen links und rechts der Haustür zeigten sich in gepflegtem Grün, und hie und da setzten Schwertlilien orangefarbige und rote Akzente. Die Rua António Patrício hatte sich herausgeputzt, so als wollte sie die Vergangenheit mit einer goldenen Patina überziehen und sich für meine Erinnerungen entschuldigen.

Horst bedachte mich mit einem erstaunten, beinahe vernichtenden Blick. Es fiel ihm schwer zu glauben, dass das schmucke, frisch gestrichene hellrosa Haus der Schandfleck meiner Kindheit gewesen sein sollte. Ich jedoch schaute mich verzweifelt um, um in den Vorgärten die Scherben meiner Vergangenheit zu entdecken.

„Da oben im zweiten Stock haben wir gewohnt. Das Zimmer, das zum Balkon geht, war die Bibliothek."

Die Haustür wurde geöffnet und ein kleinwüchsiger Mann trat heraus. „Suchen Sie jemanden?", fragte er misstrauisch.

„Nein, ich zeige meinem Mann nur das Haus, in dem ich bis zu meinem 18. Lebensjahr gelebt habe. Meine Mutter und ich wohnten damals im zweiten Stock, rechts."

Der Mann kratzte sich nachdenklich am Hinterkopf, und wie durch ein Wunder erinnerte er sich an die blonde Dame mit dem kleinen Mädchen zwei Stockwerke über ihm.

„Ich bewohne das Erdgeschoss, und wenn Sie möchten, zeige ich Ihnen gern meine Wohnung. Sozusagen als Erinnerung an vergangene Zeiten", fügte er mit einem verschmitzten Lächeln hinzu.

Herr Silveira ließ mich als erste in seine Wohnung eintreten, und plötzlich stand ich nicht in seinen, sondern in meinen ehemaligen vier Wänden im zweiten Stock, von denen meine verblichenen Erinnerungen in bunten Farbfetzen abblätterten.

Stolz zeigte er uns seine renovierte Einbauküche in hellen Gelbtönen, ich aber war schon wieder in unserer altmodischen Küche mit den beiden Wellensichtichkäfigen an der Wand und dem kleinen Eisschrank in der Mitte der beiden Hängeschränke, den wir liebevoll *Xico* getauft hatten.

Das geräumige Ess-Wohnzimmer, welches den Durchgang zu den hinteren Räumen bildete, war mit schweren Sesseln und dunklen Möbeln ausgestattet und zeugte von Wohlstand und Eleganz.

Wie hell und luftig hatte ich dagegen unseren Wohnraum in Erinnerung. Ich bekam ein schlechtes Gewissen, weil ich unsere schöne und geschmackvoll eingerichtete Wohnung nur im Zusammenhang mit dem schäbigen Aufgang gewertet und Muttis Bemühungen, mir ein schönes Zuhause zu schaffen, nicht gebührend gewürdigt hatte.

Ich fragte mich, ob alles wirklich so schlimm gewesen war, oder ob mein Snobismus und mein Streben zu den Mehrbesseren gehören zu wollen der Rua António Patrício keine Chance gegeben hatte.

Aber nein, die Abfallkübel mit dem verstreuten Unrat vor der Haustür waren keine

257

Einbildung gewesen, ebenso der penetrante Uringestank nicht, den ich beim Betreten des Hauses plötzlich in der Nase gehabt hatte.

Herr Silveira öffnete ein Fenster und ließ uns einen Blick auf die gepflegten Gärten hinter dem Haus erhaschen. Zu meiner Zeit hatte auf den zu jeder Wohnung gehörenden Parzellen nur Müll gelegen, in dem ein verwahrlostes Federvieh gescharrt und ein armseliges Dasein gefristet hatte.

Horst war von der Rua António Patrício sichtlich beeindruckt. Er hatte Mühe, die gepflegte Liegenschaft mit meinen Schilderungen unter einen Hut zu bekommen.

„Wissen Sie", sagte Herr Silveira, „vor sieben Jahren wurden die Wohnungen den Mietern zu einem Spottpreis zum Kauf angeboten. Wir haben selbstverständlich alle zugegriffen, aber an die „Kosmetik" mussten wir selbst Hand anlegen.

Ich warf Herrn Silveira einen dankbaren Blick zu, der unbewusst meine Glaubwürdigkeit wiederhergestellt hatte.

Mühelos dirigierte ich Horst zum Hotel Sana Rex an der Rua Castilho. Der Ausblick aus unserem Zimmer über die prächtige Avenida da

Liberdade und das Kastell São Jorge, das auf einem Hügel über der Stadt thronte, war überwältigend. Ganz langsam begann Lissabon in jede Faser meines Körpers einzudringen. Ich sog die nach Wind, Meer und Hyazinthen duftende Luft tief in meine Lungen ein, bis ich wieder mit meiner geliebten Stadt eins war.

Leider konnte ich Gaby, die zu jener Zeit in Marokko weilte, nicht besuchen. Ich vermisste sie. Gleichzeitig war ich aber auch erleichtert, sie nicht zu sehen. Es war dafür noch zu früh. Ich musste mich an Lissabon erst langsam herantasten, mit der Stadt Frieden schließen, ihr auf Augenebene begegnen und sie für meinen Verrat um Verzeihung bitten.

Ich zeigte Horst alles was es in Lissabon zu sehen, zu essen und zu trinken gab.

Von der Fahrt mit dem Aufzug zu der Aussichtsplattform über den Dächern der Stadt, den *Pastéis de Nata*, den mit Vanillecrème gefüllten Blätterteigtörtchen im ältesten Café a Brasileira, bis zum *Fado* in der Parreirinha do Alfama. Horst lauschte verzückt den Interpreten von Portugals Volksmusik, die mit ihrem traurigen Gesang den Weltschmerz auf den Schultern tragen.

Auch nach Estoril fuhr ich mit ihm und führte ihn in das Restaurant unter den Kolonaden, in dem ich mit meiner Mutter so oft gegessen hatte, und das noch genauso aussah wie vor sechzig Jahren.

Mein Herz brach auf, und die verdrängten Erinnerungen ergossen sich über das weiße Tischtuch.

„Ich verstehe, dass du die Sommer lieber in Portugal als im Tessin bei deinen Großeltern verbringen wolltest. Das Tessin ist etwas für alte Leute, die von seinem milden Klima angezogen, dort aber nie wirklich heimisch werden."

Mein Blick verweilte auf den farbigen Blumenrabatten im Park vor dem Casino, während meine Brust sich schmerzhaft zusammenzog. Mutti war seit einigen Jahren tot. Oft fehlte sie mir, aber an jenem Nachmittag verspürte ich einen leichten Groll gegen sie.

Mama, die jedes Jahr einige Wochen in Portugal verbrachte, nachdem sie nach Zürich gezogen war, hatte es verstanden, mir mein Heimatland immer nur in kleinen Leckerbissen zuzuführen. Verlangte ich jedoch nach mehr, wurde meine Sehnsucht verdrängt unter dem Vorwand, dass die Großeltern einmal im Jahr Anrecht auf den Besuch ihrer Tochter und ihres Enkelkindes hatten.

Ich wollte unbedingt ein Eis an der Strandpromenade essen. Wir schlenderten zum Tamariz hinunter und setzten uns an einen Tisch vor der Eisdiele.

Die vielen jungen Leute, die sich an den Nachbartischen angeregt unterhielten, das glitzernde Wasser, das in sanften Wellen gegen den Sand schlug, die weißen Boote auf dem Meer und die Palmen, deren Blätter im Wind ein beruhigendes Säuseln von sich gaben, das alles schnürte mir die Kehle zu, und voller Wehmut fragte ich mich, was gewesen wäre, wenn ich in Portugal geblieben wäre.

Mein Blick kehrte zurück zu Horst, der mich intensiv musterte. Er wusste genau, was mich bewegte.

Im Gegenzug fragte ich mich: Was wäre wohl gewesen wenn?

Ich hätte meinen geliebten Horst nie kennengelernt und mein Glück wohl ein zweites Mal
verspielt.

23. KAPITEL – DAS KLASSENTREFFEN

Wie durch ein Wunder befand sich eines Abends in meinem elektronischen Posteingang eine Einladung zu einem Klassentreffen in Lissabon. Wir hatten vor fünfzig Jahren das Abitur gemacht, und dieser Umstand sollte gebührend gefeiert werden.

Ich druckte das Mail aus und ging damit zu Horst. „Die Eheleute sind ebenfalls eingeladen", sagte er und tippte mit dem Zeigefinger auf das PS, das ich in der Aufregung übersehen hatte.

„Ich weiß nicht recht, ob ich schon bereit bin, meine Klassenkameraden wiederzusehen. Dazu ist es noch zu früh", sagte ich.

„Es wird immer zu früh sein, egal wie lange du wartest. Wir fahren nach Lissabon und machen uns dort ein paar schöne Tage. Ich bin gespannt, deine ehemaligen Mitschüler kennen zu lernen."

„Lass mir noch einige Tage Zeit, mir die Sache durch den Kopf zu gehen."

„Nix da", sagte Horst energisch, setzte sich an den Computer und buchte zwei Flüge nach Lissabon.

Die Freude über das Wiedersehen mit den ehemaligen Klassengefährten verdrängte meine Zurückhaltung, die ich noch immer an den Tag legte, wenn ich vermeiden wollte, mit meiner Vergangenheit konfrontiert zu werden.

Die meisten Kameraden erkannte ich sofort. Sie hatten sich nur unwesentlich verändert. Die übrigen, nun ja, wir waren alle nicht jünger geworden, aber zumindest noch immer vollzählig. Wir umarmten uns stürmisch und tauschten Erinnerungen aus.

Zu meiner Verwunderung konnte der Primus sich noch an alle Einzelheiten des letzten Schuljahres erinnern. Auch die Klassenreise nach Deutschland, die wir nach dem Abitur gemeinsam unternommen hatten, ließ er detailgetreu wieder aufleben. Einschließlich des Nachtopfs, mit dem ich auf dem Rollfeld erschienen war, weil man mir gesagt hatte, dass es im Flugzeug keine Möglichkeit zu pinkeln gäbe.

Und jetzt erinnerte ich mich wieder an den abenteuerlichen Flug in der DC3, in der wir wie aufgereihte Fallschirmspringer nebeneinandergesessen hatten.

Im Laufe des Treffens sprach mich eine ehemalige Mitschülerin auf den Roman von E.M. Forster «A Passage to India» an, den sie kürzlich wiedergelesen hatte. Es war das letzte Buch, das wir gemeinsam behandelt hatten. Sie wollte wissen, ob es mir auch so gut gefallen hätte wie ihr. Der Titel war mir nicht unbekannt, aber zu meiner Bestürzung musste ich feststellen, dass das Schuljahr vor dem Abitur in meinem Gedächtnis wie ausgelöscht war.

Ich konnte mich an nichts erinnern, und das ist bis heute so. Die Erinnerungen an diese zwölf Monate des Jahres 1968 sind nicht mehr zurückgekommen.

Ich habe mich immer wieder gefragt, warum dem so ist und bis heute dafür nur eine fadenscheinige Erklärung gefunden: Als ich damals Portugal übereilt den Rücken kehrte, wollte ich das Schmachvolle auslöschen. Ich war in großer Eile gewesen, alle und alles hinter mir zu lassen, und auf meiner überstürzten Reise musste ich wohl den Koffer mit den Erinnerungen an das letzte Schuljahr irgendwo verloren haben.

Ich hatte damals bereits mit meiner Heimat abgeschlossen und wollte nur fort, im Bestreben ein neues, unbelastetes Leben anzufangen.

Das Treffen zog sich bis spät in die Nacht hin. Wir hielten uns an unseren gemeinsamen Erlebnissen fest, und weder meine Familienverhältnisse noch mein „schäbiges" Zuhause kamen zur Sprache.

Wir hatten uns alle wieder, und zu meinem Erstaunen musste ich feststellen, dass ich ein beliebtes Mitglied dieser durch Erinnerungen zusammengeschweißten Einheit war, und dass die meisten mein jahrzehntelanges Verschwinden bedauert hatten. In den Augen meiner Mitschüler hatte sich keiner an der „schmachvollen" Rua António Patrício gestört. Im Gegenteil, für sie war mein Zuhause ein beliebter Treffpunkt für die Besprechung unserer Schulaufgaben gewesen, nicht zuletzt wegen der Schokoladenkekse, die meine Mutter bei Martins e Costa, dem Delikatessengeschäft in der Rua do Carmo für uns besorgte.

Für einen Moment schloss ich die Augen und bildete mir ein, es sei wie früher…

„Und hast du jetzt endlich mit deiner Vergangenheit abgeschlossen?", fragte mich Horst, als wir in unser Hotel zurückfuhren.

„Nicht ganz", antwortete ich belustigt.

Am nächsten Tag trafen wir mit Gaby und deren Mann zusammen, der noch immer von den Deutschstunden bei meiner Mutter schwärmte. Die Männer verstanden sich auf Anhieb gut, und ich erzählte meiner geliebten Freundin von Elena und meinem Schwiegersohn, von Hans und meiner Schwiegertochter, und auch meine Scheidung ließ ich nicht aus.

Die Tage in Portugal vergingen wie im Flug.

Freunde, Kollegen und Bekannte bedauerten, dass wir nicht länger bleiben konnten, aber wir versprachen wiederzukommen. Zumal Horst sich in mein Heimatland bis über beide Ohren verliebt hatte.

„Würdest du heute zu mir sagen, du wolltest in dieses zauberhafte Land zurückkehren, wären meine Koffer auf der Stelle gepackt", meinte er und küsste mich zärtlich.

Ich wusste nicht, was ich darauf erwidern sollte. Unser Leben spielte sich in der Schweiz ab. Dort war ich jetzt zuhause.

„Einen alten Baum sollte man nicht verpflanzen", antwortete ich deshalb vage, „aber wir werden bald wieder hierher zurückkehren, das verspreche ich dir."

Horst sah mich neugierig an, aber ich wollte ihm keine Hoffnungen machen, wo vielleicht keine waren.

Zurück in der Schweiz ließ mich die Frage nicht los, warum Mama Portugal so gut gekannt hatte und ich über Lissabon und die nahe Umgebung nicht hinausgekommen war. Hatte sie vielleicht mein Land mit meinem Vater bereist, während ich den langen Sommer bei den Großeltern verbrachte? Mama hatte mir erzählt, dass sie in Porto, Coimbra, Aveiro und Guimarães gewesen sei.

Ich empfand es beinahe als Verrat, dass sie mit mir niemals an einen dieser Orte gefahren war. Aber vielleicht hatte sie sich auch nichts dabei gedacht und nicht gemerkt, dass ich mich als Portugiesin fühlte trotz meiner 50% deutschen Bluts.

„Ich möchte wieder nach Portugal fahren", sagte ich eines Abends zu Horst.

„Sofort", antworte Horst. „Mich musst du nicht zweimal fragen. Wir können im Herbst für ein paar Tage nach Lissabon fliegen."

„Bitte nicht nur für einige Tage. Ich möchte mindestens einen Monat in meinem geliebten Land verbringen. Ich möchte es erforschen. Das bin ich ihm schuldig. Erst dann kann ich endlich mit der Vergangenheit abschließen."

Zwei Monate später flogen Horst und ich nach Portugal. Wir trafen uns mit Gaby und ihrem Mann und sahen auch viele andere Freunde und Bekannte wieder. Wieder einmal erstaunte es mich, wie sehr sich alle über unseren Besuch freuten. Die Vergangenheit schien für sie keine Rolle zu spielen. Sie existierte nur noch in meiner Einbildung.

Wir verbrachten einige Tage in Lissabon und fuhren dann in den Norden. Unsere erste Station war Porto, dessen Häuser die Hänge des Douro hinaufzuklettern schienen, um sich dann an ihnen festzukrallen. Porto ist eine wunderschöne Stadt mit einladenden Kneipen am Ufer des Flusses, über den sich die Fachwerk-Bogenbrü-cke Dom Luis I spannt. Man hatte mir erzählt, dass Porto Lissabon an Schönheit übertrifft, aber gegen meine Stadt kommt Porto nicht an.

Lissabon ist die stolze und zugleich sanfte Königin, der der Tejo zu Füßen liegt.

Wir besuchten Viana do Castelo, ein hübsches, verträumtes Städtchen, in dem die Zeit stehen geblieben ist. Wie ich es mir ausgemalt hatte, fanden wir ein schmuckes Restaurant am Ufer des Rio Lima, in welchem wir ein köstliches Mittagessen mit frischem Fisch zu uns nahmen. Entzückt blickte ich auf die liebliche und verschlafene Landschaft und fragte mich, warum ich so lange gebraucht hatte, um diesen schönen Flecken Erde zu entdecken.

Meine Augenbrauen zogen sich in einem Anflug von Verstimmung zu einer Zornesfalte zusammen. Warum waren Mama und ich nie in den Norden gefahren und weshalb hatte sie versucht, mir die Schönheiten meines Landes vorzuenthalten?

„Lass es gut sein, Schatz. Du hast dich jetzt lange genug mit deiner Vergangenheit beschäftigt. Wirf die nicht mehr benötigte Krücke weg und genieße das Hier und Jetzt."

Ich blickte Horst erstaunt an. Er schien meine Gedanken erraten zu haben. Ich erhob mein Glas Weißwein und prostete ihm zu: „Auf das Hier und Jetzt und auf die Zukunft."

Im Douro Tal mit seinen sanften Weinbergen ließen wir uns für einige Tage in einem Weingut nieder und machten lange Spaziergänge durch die Rebberge. Wie schön Portugal doch ist. Aber statt mich darüber zu ärgern, dass ich es erst jetzt ergründete, war ich glücklich und nur noch dankbar, dass mir die Möglichkeit gegeben worden war, die verborgene Schönheit meines Heimatlandes mit eigenen Augen zu betrachten.

Als ich Portugal vor über fünfzig Jahren den Rücken kehrte, ließ ich dort ganz viel von mir selbst zurück. Die vielen über das Land verstreuten Bruchstücke musste ich wiederfinden und einsammeln, damit sie sich zu einem Ganzen zusammenfügten.

Auf unserer Reise durch Portugal fand ich sie wieder: In Viana do Castelo die unerschütterliche Liebe zu meinem Land, in Coimbra die Verbundenheit zur portugiesischen Geschichte und meinem Vater, in Castelo Branco die Melancholie, die ein Teil unserer Seele ist und in Lissabon den Stolz, ein Teil von Portugal zu sein.

Mein Rucksack war bis oben prall gefüllt, er

wog aber nicht schwer. Es war eine leichte und liebliche Last.

„Und willst du noch immer nach Portugal zurückkehren?", fragte mich Horst, als das Flugzeug in Kloten aufsetzte.

„Ich denke nicht. Weißt du, ich habe ja meinen Rucksack. Wann immer mich die saudade übermannt, rieche ich an dem Duft der in ihm aufbewahrten Mimosen. Dann wähne ich mich für einen Augenblick in Portugal. Und diese kostbaren Momente kitten mein angeschlagenes Selbst.

Wenn ich in Portugal bin und jemand die Rua António Patrício in den Mund nimmt, bekomme ich noch immer ein flaues Gefühl im Magen. Aber es tut nicht mehr weh, höchstens überzieht eine leichte Gänsehaut meine Arme, die aber so schnell verschwindet, wie sie gekommen ist.

Und was ist mit Mama? Ja, was ist mit ihr? Ich liebe sie über den Tod hinaus, obwohl meine Gefühle ihr gegenüber noch immer zwiespältig sind. Sie werden es auch bis zu meinem Lebensende bleiben. Ich schaffe es nicht, alles was geschah, unter den Teppich zu kehren. Denn

immer wieder kommt ein weiteres Puzzleteil-
chen zum Vorschein. Die Vergangenheit lebt
dann wieder auf, und jene, die sie bevölkerten
stehen plötzlich vor mir und verlangen Genugtuung für ihr Handeln.

EPILOG – HIER IST MEIN VATER

Ich sitze an meinem Schreibtisch, vor mir ein Stapel vergilbter aber immer noch gut lesbarer Briefe. Ich habe sie unzählige Male glattgestrichen, um die Knickfalten aus dem Papier zu bekommen. Ich habe Angst, mit dem heißen Bügeleisen darüber zu fahren. Vielleicht wird die kleine, anmutige Schrift desjenigen, der sie geschrieben hat, nicht mehr zu entziffern sein, und das will ich nicht riskieren. Denn der Autor dieser Briefe ist mein Vater, und er hat sie alle an meine Mutter geschrieben, während wir anlässlich unserer unzähligen Besuche bei den Großeltern in der Schweiz weilten.

Seit über zehn Jahren haben die gefalteten und in einer kleinen Plastiktüte sorgfältig aufbewahrten Briefe in der obersten Schublade meines Sekretärs gelegen. Mama hat mir das Päckchen einige Monate vor ihrem Tod in die Hand gedrückt. „Hier nimm das. Es enthält die Briefe deines Vaters an mich. Ich habe sie alle aufgehoben."

Ich traute mich nicht, sie zu lesen. Für mich war der in der Plastiktüte verschlossene Inhalt so etwas wie die Kiste der Pandora. Sollte ich sie aufmachen, jetzt wo ich glaubte, meine Vergangenheit erfolgreich bewältigt und verarbeitet zu haben?

Aber ich wusste so wenig über meinen Vater. Für mich war er noch immer der nüchterne und entrückte Patenonkel, der in meiner Jugend lediglich die Rolle eines unbedeutenden Statisten gespielt hatte. Steif und ohne Regungen zu bekunden, war er im Abseits gestanden, während meine Mutter auf der Bühne des Geschehens die Hauptrolle gespielt hatte.

Ich nehme seinen ersten Brief in die Hand und schaue erstaunt auf das Datum: 28. Juli 1941. Es ist ein offizielles Schreiben an meine Mutter, in dem mein Vater ihr verspricht, meinem Großvater die erbetenen Informationen über das portugiesische Eisenbahnrecht zukommen zu lassen. Dazu benötigt er allerdings noch einige Angaben und schlägt ein persönliches Treffen mit meiner Mutter vor. Mein Vater und meine Mutter lernen sich also bereits 1941 kennen, und ich stelle mir vor, wie er sich sogleich in die zweiundzwanzigjährige deutsche Schönheit mit dem blonden Haar, den giftgrünen Augen, der schmalen Nase und dem vollen Mund verliebt. Es ist Krieg, und in Deutschland treiben die Nazis ihr Unwesen. Die Großeltern dürfen nicht ausreisen, und für meine Mutter als Halbjüdin ist eine Reise nach Deutschland zu gefährlich.

Auf der Suche nach Geborgenheit, Zugehörigkeit und dem Wunsch, der Einsamkeit zu entfliehen, verliebt sich auch Mama schnell in den gutaussehenden, reiferen Eisenbahnrechtler aus der gehobenen Gesellschaft, der aber zu jener Zeit bereits verheiratet ist und für den eine Scheidung nicht in Frage kommt.

Es sind dies schwierige Umstände, und dennoch leben meine Eltern keine leichtfertige Affäre. Je länger ich mich mit den Briefen beschäftige, desto mehr lerne ich meinen Vater von einer anderen Seite kennen. Liebevoll redet er die Mama mit „mein Mädchen", „Darling" oder spaßeshalber „Dachshund" an. Die Großeltern lässt er jedes Mal aufrichtig grüßen, mich, die Ti, umarmt er liebevoll und die Mama küsst er zärtlich.

Meine Großeltern erwärmten sich für den verheirateten Mann und Geliebten ihrer Tochter nicht sonderlich, aber zumindest duldeten sie ihn. Nur so erkläre ich mir den Umstand, dass er sie in allen seinen Briefen grüßen lässt.

Mit Befremden erfahre ich, dass es mein Vater war, der meine Mutter aus dem „Loch", in dem sie zur Untermiete wohnte, herausgeholt und ihr die Wohnung in der Rua António Patrício besorgt hat. Sie sollte in einer, wenngleich bescheidenen, so doch würdigen Unterkunft wohnen, wie es sich für eine Dame ihres Standes gehörte. Und jetzt wird mir auch klar, weshalb sie mit mir nicht in die Hochhäuser ziehen wollte…

Ich erinnere mich, dass Mama und ich nur einmal mit dem Patenonkel verreist sind. Zu jener Zeit war ich mit meinen fünf Jahren ein argloses Kind, das dem Umstand, dass meine Eltern sich ein und dasselbe Bett teilten, keine Bedeutung zumaß. Mich interessierten vielmehr die unter den wuchtigen Eichen verstreuten Eicheln, aus denen wir im Hotel mit Hilfe von Zahnstochern kleine Pferdchen, Hunde und Katzen bastelten. Mein Vater hätte die Reise mit uns gerne wiederholt, aber für meine Mutter blieb es in dieser Konstellation bei dem einen Mal. Ich hätte mich in der Zwischenzeit zu einer vifen Zweitklässlerin entwickelt, die Fragen stellen würde, die die Mutti nicht gewillt war zu beantworten.

Aus dem nächsten Brief lese ich seine Enttäuschung über ihre Absage heraus, trotzdem respektiert er den Willen meiner Mutter.

Ein Brief hat mich besonders mitgenommen. Ein Streit ist ihm vorausgegangen. Wie ich dem Schreiben meines Vaters entnehme, hat meine Mutter ihn mangelnder Zuwendung und ungenügender finanziellen Unterstützung bezichtigt. Die Auseinandersetzung muss vor meinem Telefongespräch mit dem Patenonkel stattgefunden haben. Nichtsahnend hatte ich ihm geraten, sich den frühen Anruf zu sparen und stattdessen erst am Abend anzurufen, wenn die Mutti sicherlich zu Hause wäre! Die Antwort meines Vaters ist eine von Schmerz erfüllte Rechtfertigung. Obwohl nicht ausgesprochen, lese ich aus seinen Zeilen heraus, dass ihm das Ausgeschlossensein zu schaffen macht. Denn der aus den Großeltern, meiner Mutter und zu einem gewissen Grad aus mir bestehende Zellkern ist für ihn, dem Fremdling unspaltbar. Für ihn hat meine Mutter mich gegen ihn aufgehetzt, was ihn zutiefst kränkt. Mir laufen die Tränen über die Wangen. Wie gerne hätte ich ihm erklärt, dass ich ihn mit meinem gutgemeinten Ratschlag keineswegs hatte verletzen wollen. Mein Vater sucht nach einer Erklärung für das Verhalten meiner Mutter, und er findet sie in ihrem übertriebenen Deutschtum, das sie hinter allem andersartigen eine feindliche Gesinnung vermuten lässt. In diesem Augenblick ist mir mein Vater so nah wie nie zuvor, denn ihre deutsche Wesensart hat auch meine portugiesische Hälfte überschattet.

Im gleichen Brief enthüllt mein Vater ihr seinen Verdienst und rechnet minuziös vor, wieviel er davon für seinen Haushalt braucht, wieviel Steuern er schuldet und was ihm für seine bescheidenen persönlichen Auslagen bleibt, nachdem er unsere Miete bezahlt hat…

Meine Augen werden erneut feucht, angesichts des in meinen Augen steifen Mannes, der seine Seele vor mir entblößt. Ich schäme mich, dass ich die für mich nicht bestimmten Briefe gelesen habe. Aber dank ihnen, empfinde ich für meinen verstorbenen Vater eine tiefe Zuneigung. Wie ähnlich ich ihm in einigen Dingen bin. Wir hätten sicherlich eine tiefe Beziehung aufbauen können, so sie uns vergönnt gewesen wäre. Aber genau das hat Mama verhindert. Sie hätte es nicht verkraftet, meine Aufmerksamkeit mit jemand anderem teilen zu müssen. Auch wenn dieser andere mein Vater war.

Nachdem ich den letzten Brief gelesen habe, frage ich mich oft, ob man einen Menschen lieben kann, der nicht mehr ist, oder ob es vielmehr die Erinnerung an diesen Menschen ist, die in uns das Gefühl von Zuneigung weckt.

Das kindliche Andenken an meinen Vater habe ich ausgeblendet. Ich will nicht mehr an ihn als den steifen, keiner Regung fähigen Patenonkel zurückdenken. Bis noch vor wenigen Tagen war mein Vater tot und die Erinnerung an ihn verschwommen wie eine Landschaft im Nebel, deren Umrisse immer diffuser werden.

Die für mich nicht bestimmten Briefe haben meinen Vater zum Leben erweckt. Jetzt kann ich ihn lieben, so wie ich mir immer gewünscht habe, einen Vater zu lieben.

Verzeih mir Mama, wenn meine Liebe Dir nicht ausschließlich gehört. Aber vielleicht hast Du es nicht anders gewollt, denn hättest Du mir andernfalls die Briefe gegeben?

Ende

QUELLENNACHWEIS

Das Drama des begabten Kindes

Alice Miller

Archiv der verlorenen Kinder

Valeria Luiselli

Lust gleich weiterzulesen?

Von der gleichen Autorin:

Notlandung in Mumbai

Die Geschichte eines arroganten Managers, der auf einer Geschäftsreise eine mysteriöse Bekanntschaft macht und durch diese zu sich selbst findet.